名家笔下的中国老城市丛书

名家笔下的老淮安

总主编　张祖庆
主　编　丁素芬
朗　诵　柏玉萍

济南出版社

图书在版编目（CIP）数据

名家笔下的老淮安 / 丁素芬主编 . —— 济南：济南出版社，2024.7. —— （名家笔下的中国老城市丛书 / 张祖庆总主编）. —— ISBN 978-7-5488-6581-0

Ⅰ.I267

中国国家版本馆 CIP 数据核字第 2024441NX9 号

　　本书部分文字作品稿酬已向中国文字著作权协会提存，敬请相关著作权人联系领取。电话：010-65978917，传真：010-65978926，E-mail：wenzhuxie@126.com。

名家笔下的老淮安
MINGJIA BIXIA DE LAOHUAI'AN

丁素芬　主编

出 版 人　谢金岭
图书策划　赵志坚　刘春艳
责任编辑　赵志坚　李文文　刘春艳
特约编辑　刘雅琪
封面设计　谭　正
版式设计　刘欢欢
封面绘图　王桃花

出版发行　济南出版社
地　　址　济南市市中区二环南路 1 号（250002）
总 编 室　0531-86131715
印　　刷　济南新先锋彩印有限公司
版　　次　2024 年 7 月第 1 版
印　　次　2024 年 7 月第 1 次印刷
开　　本　170 mm×240 mm　16 开
印　　张　8
字　　数　100 千字
印　　数　1—5000 册
书　　号　ISBN 978-7-5488-6581-0
定　　价　45.00 元

如有印装质量问题　请与出版社出版部联系调换
电话：0531-86131736

版权所有　盗版必究

序

每座城都是一本书,每本"城书"都有其独特的精神气质。

生于此城,长于此城,你便与城融在一起,成为城的细胞。城的性格脾气就是人的性格脾气。城与人,相依共存。

一座有生命的城,少不了市,故曰"城市"。

城市于人的成长是烙印式的。无论你身在何处,永远不能忘记的是家的味道、城的气息、城的日常。我们怀想它,念叨它,也常会在某个时间点,因见到所居城市的一处景、一个人,甚至一株菜而深情满怀、热泪盈眶。作家池莉在回忆家乡武汉的菜薹时写道:"我对菜薹是情有独钟不离不弃到即便它们老了也要养着,花瓶伺候,权当插花……看花时,总不免心生感慨:菜薹噢菜薹,你是我对武汉最深的眷恋。"

每一座历经千百年的城市,都是一条生命涌动的长河,于风云变幻间,留下吉光片羽。

一座古老的城市,值得我们细细品读。从显处读,可以是让游人赏心悦目的湖光山色,也可以是令吃客垂涎欲滴的特色美食。但是,仅读这些还不够,我们还要走进城市深处。风采卓绝的人物要读,深厚的文化底蕴要读,明亮的人文精神要读,这样才能走进一座城市的灵魂。

可是,谁敢说,我们真正读懂了我们所生活的城市?谁又敢说,我们真正触摸到了城市的灵魂?可能,在喧嚣的城市里,孩子还没有静静凝视过家门前那条不知源头的河流,没有留心觉察过城市中不断冒出的楼宇,没有仔细聆听过城市发展的滚滚车轮声。甚至,有这样一种情形——生活在南京的孩子不知道石头城的历史,生活在苏州的孩子没听过评弹,生活

名家笔下的老淮安

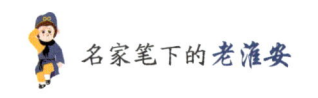

在西安的孩子没了解过秦岭的前世今生……

不得不说,这是生命成长中的小缺憾。

中国有个性、有魅力、有文化的城市何其多也!若是有一套中国城市的读本,以名家的文字为城市代言,纵览历史发展脉络,横看现代文明景观,让青少年读者从书中读城市的古今面貌,用脚步触摸城市的现实温度,那该多好啊!我的倡议得到各地名师的积极响应,大家一拍即合,快速行动。我们希望,经由这套书,每位大小读者从自己所居之城开启城市阅读之旅,了解城的古今,梳理城的脉络,以城为荣,以城为傲。

人是城市的核心因子。人和城市的相处方式有很多种,阅读城市理应成为重要的一种。以中小学生喜闻乐见的方式打开城市阅读之门是我们的编写初心。通过阅读名家优秀的文学作品,让孩子建立对城市的文化印象,让城市发展脉络及精神气质化入孩子的生命成长中。

经多次讨论,我们最终把这套书命名为《名家笔下的中国老城市丛书》,初定二十个老城市,分别为北京、上海、杭州、南京、武汉、西安、济南、青岛、成都、重庆、绍兴、厦门、苏州、福州、徐州、广州、洛阳、开封、镇江、淮安。"老城市"就是有悠久历史、灿烂文明、独特意蕴的城市,老城市都是有故事的城市,读者能从书中感受到厚重的城市文化与个性迥异的时代特质。城市不分大小,大城有大城的宏伟,小城有小城的韵味。

为城市编书代言,我们深知其中的艰辛。一本小书难以概括一座城市的全貌和气质。尽管如此,我们还是愿意倾尽全力。我们组建了一支有深厚的文化学识和城市情怀的编写团队,他们多是在全国有影响力的特级教师、正高级教师、一线名师。有的名师为了在书中呈现更立体多元、经典可读的城市风貌,通读了几百本相关图书,仍觉得不够;有的名师对"老城市"的"老"做了精准的解读,对丛书的助读系统提出丰富的设计框架;有的名师带领他的"学霸"团队,利用节假日,走进博物馆、图书馆,做了大量的文献检索……毫不夸张地说,每个城市的编者都经历了艰苦的"前阅读"。

然而，写城市的文章太多了，选几十篇编入书中，简直是沙里淘金，且一定遗珠多多。选择什么样的文字呢？经过几番讨论，数易方案，渐渐地，编写组达成共识。我们发现，读城有迹可循。编写团队做了这样的梳理：

1. 依循城市纵横交错的线索，确定框架。为打捞丢失在历史尘埃中的城市老时光，我们做了一番细细耙梳、反复筛选的工作，再沿着"纵""横"两条线索将占有的资料以主题单元的方式呈现。"纵"即城市的历史沿革、发展脉络；"横"就是城市当下的多面向文化叙事，包含景观、习俗、人物、美食、童谣等。这样编排，既有历史的纵深感，又有现实的亲切感，丰富博大的城市概貌就有可能浓缩在一本小书中。

2. 充分考虑读者对象，精准定位选文方向。本丛书的主要读者是中小学生，兼顾其他年龄段读者，所选文章多是可读性、文学性俱佳的名家作品。很多写城市的书只是给大人看的，客观介绍一座城市，文字也不够浅近，孩子难免会觉得枯燥。从这个意义上来说，这是一套定制版的城市文学读本，这一特色让本丛书有别于其他城市主题的书。

3. 让"行读城市"成为一种新的生活方式。读城市，最终要走到城市中。本丛书有一个重要的编写思想，那就是跟着编者行读城市。二十个城市读本中，有的将研学作为一个单独章节，有的则将其融合在各个章节中。无论采用哪种形式，小读者们都能从书中读到书外。一本书就是一座城的博物馆"入场券"，儿童（或成人）经由这张"入场券"，走进城市文明深处。

以《名家笔下的老武汉》为例，我们来一睹老武汉的城貌——全书分为八个章节，从《日暮乡关何处是》到《踏破铁鞋无觅处》《忙趁东风放纸鸢》，将江湖武汉、火辣辣的武汉、因爽而快的武汉生动地展现给读者。每一章都有"导读""群文探究"，每一篇都有"读与思"。读一本书，仿佛在与城市对话、与编者交谈，读者可带着憧憬之心、探究之趣在城的古今穿梭，在城的南北畅游。

编者刘敏动情地说："二十年前，我在武汉读大学。如今，我拖儿带

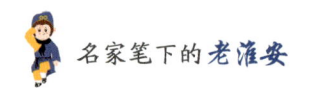

女留在武汉，安居乐业。多少次，我漫步于夜幕中的长江大桥，和灯火一起微醺；多少次，我在汉口江滩，寻觅百年的沉浮……"

不只是武汉，每一座城都值得用心去读。《名家笔下的老西安》编者王林波老师的感言，说出了所有编者的心声："三年多的时间里，我们走街串巷地亲历感受，我们翻阅文献广泛搜集筛选，我们对话作者深度访谈。一切的努力，只是单纯地想为你——亲爱的读者呈现最适合的老城市。"

我们有理由相信，这是一套真正的精华读本。读者站在名师深读的肩膀上鸟瞰城市，深入城市的叶脉、根系，享受读城的步步惊喜，体验读城的无穷乐趣。

亲爱的读者朋友们，《名家笔下的中国老城市丛书》是一座开放的城堡，我们将不断寻觅，让这个城堡的成员更丰富，文化更多元，视野更开阔。我相信，你们的阅读也必然是开放的——读城市的文学、文化、文明，读城市的传说、市井、烟火，读城市的性格、秉性、气质，读城市的人、事、景……自己读，和爸妈、老师一起读，走进城市博物馆，实景考察，深度研学；不仅读"我的城"，还要读"他的城"，因为这都是"我们的城"。

再次翻阅一本本书稿，我心中感奋不已。我仿佛又一次和编者朋友们一道，穿行一座座古城，漫步一条条大街，走进一处处深宅，聆听古老钟声，触摸历史心跳。

人在城中，城在心里；一眼千秋，千秋一卷；一卷一城，读行无疆。

于杭州·谷里书院

我们淮安

我们淮安，地处黄淮平原，地势平坦，河湖众多，是一块富饶的、"漂浮在水上"的土地。中国地理南北分界线穿城而过，城区的一半在南方，一半在北方。

我们淮安，是一代伟人周恩来总理的故乡。周恩来同志曾说："生于斯，长于斯，渐习为淮人；耳所闻，目所见，亦无非淮事。"在青砖灰瓦、古朴典雅的驸马巷7号——大鸾腾飞的地方，海棠依旧，琅琅书声不息。

我们淮安，是江淮流域人类文明的发源地之一。淮安境内的"青莲岗文化"属于新石器母系氏族文明，距今已有6000多年；如果从秦时设置淮阴县算起，也已有2200多年历史。我们的祖先在这里繁衍生息，辛勤劳作，创造了灿烂的历史文明，也为我们留下许多宝贵的财富。特别是京杭大运河的开凿与兴盛，南船北马，漕河盐榷，让我们看见淮安曾经的繁荣。

我们淮安，历史上诞生过千古名将韩信，汉赋大家枚乘、枚皋，小说大家吴承恩，巾帼英雄梁红玉，民族英雄关天培，"唐代四大女诗人"之一刘采春，宋代"苏门四学士"之一张耒，京剧大师王瑶卿、周信芳，国学大师罗振玉，摄影大师郎静山，著名导演谢铁骊，剧作家陈白尘等众多名人；"四大名著"之一《西游记》、"中医四大经典"之一《温病条辨》、晚清"四大谴责小说"之一《老残游记》、弹词名著《笔生花》等均成书于淮安。

名家笔下的 *老淮安*

我们淮安，是淮扬菜的发源地之一。现存淮扬名菜名点 1300 多种，是中华人民共和国开国宴会的首选菜品。2021 年，淮安成为我国继扬州、澳门、顺德、成都之后的第五个"世界美食之都"。

我们淮安，有一张响亮的名片——"运河之都"。京杭大运河的开通，使淮安处于联通长江、淮河、黄河三大水系南北水运的襟喉要地，南船接北马，"行人日夜驰"。明清时期，淮安鼎盛空前。清朝乾隆年间，淮安曾是一个拥有 54 万人口的大都市。随着黄河北迁，海运和铁路运输的兴起，淮安的漕运枢纽地位日渐式微，城市的发展也在时代的潮流中放慢了脚步。

运河古道长，淮水安澜兴。

今日的淮安大地，公路、铁路、航空、水运，四通八达；连淮扬镇、徐宿淮盐两线高铁汇聚于此，一张现代城市交通网正在形成。清江浦畔，古城今朝融南汇北，气象万千。

醉美淮安，最爱淮安。

目录 MULU

第一章　淮安印象

2　咏淮安诗三首

5　纪程之淮安 / [清] 谈　迁

7　地灵人杰话淮安 / 汪曾祺

15　南北分界的淮安 / 刘兴诗

18　◎群文探究

第二章　淮上明珠

20　淮河诗三首

23　春到淮上 / 李利军

25　柳树湾记 / 赵　恺

30　质朴的洪泽湖 / 魏家骏

33　清江浦清宴园记 / [清] 蔡云万

35　白马湖 / 干石泉

38　◎群文探究

第三章　运河之都

40　运河诗三首

42　河　工 / [清] 黄钧宰

44　水门桥市井 / 陈亚林

46　有一个地方，叫河下（节选）/ 于兆文

49　◎群文探究

第四章　淮上人杰

52　史记·淮阴侯列传（节选）/ [西汉] 司马迁

55　大江歌罢掉头东 / 周恩来

57　西花厅的海棠花又开了（节选）／邓颖超
59　麒派宗师周信芳／沈鸿鑫
62　◎群文探究

第五章　淮安民风

64　北邻卖饼儿／［宋］张　耒
65　西大街的小人书摊／陈亚林
67　进城接亲的早上／赛珍珠
71　走，到淮安老澡堂烿哈咂／朱天羽
74　◎群文探究

第六章　淮味千年

76　西汉时期的一份淮扬美食菜单
　　　　　　　　　／［西汉］枚　乘
78　淮白鱼诗四首
80　龙虾节赋／赵　恺
82　淮安软脿／何永年
84　青菜豆腐／苏　宁
87　莲蓬传秋意／荣根妹
90　◎群文探究

第七章　艺术淮上

92　北上（节选）／徐则臣
95　南闸民歌二首
97　金湖秧歌三首
99　童谣二首
100　◎群文探究

第八章　不朽名著《西游记》

102　妖精设局／［明］吴承恩
105　大圣迎战二郎神／［明］吴承恩
107　真假美猴王／［明］吴承恩
111　西游记之八十一难／［明］吴承恩
114　◎群文探究

研学活动：行城・读城（沉浸在淮安）

第一章　淮安印象

襟吴带楚客多游，壮丽东南第一州。

"南船北马舍舟登陆"，淮安曾因挟南北漕运之咽喉，富庶天下，所以才有明人姚广孝"壮丽东南第一州"的慨叹；淮安还曾因黄、淮两条大河汇聚，所以才有清人谈迁"民稠禾茂……麻菽被野"的记录。这些又一起成就了汪曾祺先生的"地灵人杰"，而古淮河的穿城而过则成就了刘兴诗先生的"南北分界"。本章所选诗文，让你对淮安有一个初步的印象。

扫码立领
★ 名师朗读
★ 美文微课
★ 城市印象
★ 老城记忆

名家笔下的**老淮安**

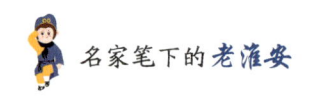

咏淮安诗三首

淮安览古
[明] 姚广孝

襟吴带楚①客多游,壮丽东南第一州。
屏列江山②随地转,练铺淮水③际天浮。
城头鼓动④惊乌鹊,坝口⑤帆开起白鸥。
胯下英雄⑥今不见,淡烟斜日使人愁。

注释

①襟吴带楚:淮安人文、地理处在吴文化和楚文化的交界处,泛指南北风格交融。
②屏列江山:岸边的大堤像屏风一样排列。
③练铺淮水:淮河的水流如白练一般铺展。
④鼓动:鼓声激荡。
⑤坝口:即老坝口。
⑥胯下英雄:指韩信。

赠楚州郭使君①
[唐] 白居易

淮水东南第一州,山围雉堞月当楼。
黄金印绶悬腰底,白雪歌诗②落笔头。

笑看儿童骑竹马,醉携宾客上仙舟。
当家美事堆身上,何啻林宗与细侯③。

注释

①郭使君:名行余,元和进士,太和初官楚州刺史。汉时称刺史为使君。

②白雪歌诗:《白雪》即《阳春白雪》,古代歌名,曲调高雅,和者甚少。后来常用"白雪"赞誉别致的文学作品。

③林宗与细侯:东汉郭泰,字林宗,品学为时人所重。后汉郭伋,字细侯。王莽时为并州牧,建武中由颍州太守复调并州牧,县邑老幼相携途迎,行部到西河有童儿数百,各骑竹马,道次迎拜。后常用作赞扬官吏到任受人欢迎的典故。

乡 思

[明] 顾 达

家住新城①古刹旁,小桥流水浴斜阳。
月明鹤影翻松径,日暖莺声闹草堂。
一箸脆思蒲菜②嫩,满盘鲜忆鲤鱼香。
病多欲去增惭愧,未有涓埃③报圣皇。

注释

①新城:在原楚州城北。

②蒲菜:淮安特产。相传宋代巾帼英雄梁红玉在坚守淮安城时,被金人围困,发现战马吃蒲草,便以之充饥。后来淮安人创造了一套烩制蒲菜的技术。

③涓埃:滴水与轻尘,比喻微小的贡献。

名家笔下的老淮安

读与思

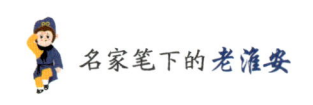

　　淮安，隋唐时期称"楚州"，五方辐辏（fú còu），九省通衢，物华天宝，人杰地灵，无怪乎诗人盛赞："襟吴带楚客多游，壮丽东南第一州"。《淮安览古》描写了淮安的险要地势和壮丽景象，表达了对英雄韩信的敬慕和缅怀之情。《赠楚州郭使君》写淮安风景秀丽、地理位置优越，为下文诗人对朋友的美好祝愿奠定基调。《乡思》描写了淮安特有的旖旎风光和丰饶物产，表现了诗人思念故乡的执着深情。读了这三首诗，你对淮安的印象是什么？和小伙伴们说一说。

纪程之淮安

◎ [清]谈　迁

丁未。……山阳县民稠禾茂。十里泾河,二十里平和镇,其土沃。十里三铺,十里二铺,十里一铺。泊杨家桥。夜雨。

戊申。晨,大雷雨。十里泊淮安西门。王编修求解于总漕沈文奎,登朱太史之舟。留宿。述仕路倾险,洵过于太行、瞿塘也。

己酉。午刻,同王编修定尔语近事,寻别。循涯访韩侯钓台,石亭屹然。旁即漂母祠,楹帖曰:世间多少奇男子,终古从无一妇人。按:古淮阴县距今城四十里。张守节《史记正义》曰:淮阴城临淮水。昔信去乡下而钓于此,则城下寄食当在彼,非今处。

辛亥。晨,见巨鱼,羡之。舟人曰:"崇祯己卯,江阴捕鲟鳇鱼,长四五丈,剖腹,有男子,腰二十金,布囊革履如故。捕者怜而殡之。"午,入城,至放生池,殆百亩,其形如玦(jué),绕以绿杨。平桥寺栏旁兴隆寺,文漪纶洄,伫对久之。暮,啖藕,云产高邮,味夺杭品。

壬子。西渡走田间,麻菽(shū)被野。问土人以高家桥,曰:相距四十里。汉陈登筑堰,万历元年增筑,漕运新河所取道也。田西尽为湖。闻周世宗开老鹳河于淮安城西,或其处乎?淮人俭约,故云淮贫。滨河多苦舍,或瓦其内。盖瓦屋一楹,岁征一两五钱,苦舍只一钱五分。凡兵船、炮船、贡船,其至络绎,负米肩货,咸瓦舍之是任。一瓦舍岁且费数金,故苦之以避徭也。近秦御史世祯痛裁之,稍苏。

名家笔下的老淮安

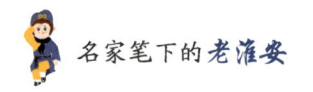

癸丑。雨。

甲寅。霁，仍西渡，望西湖色喜，终迷径而止。

乙卯。

丙辰。

丁巳。舟人再橹，或贻朱太史双鹤，产海州者。

戊午。见鹤卵大于鹅卵，褐色而斑。又，淮人没，各于本坊土神庙馈饭三日，夕舁其木主至城隍庙，焚褚币贳（shì）罪而还。山阳胡给事之骏，近卒，子孝廉可及亦徇之：楚人尚鬼，非耶？午走西河嘴，汉枚乘故里也。市廛（chán）隐贩，亚于维扬。

（选自《北游录·纪程》，题目为编者所拟）

读与思

山阳县，即现在的淮安市淮安区。因位于钵池山南面，故称山阳。虽然现在只有地名钵池山而无真正的山，但"山阳县"的存在，从一个侧面说明钵池山曾经存在过。

本文是一篇记录旅行行程的文章，包含日期、天气、所见、所闻、所思，以及交往的人员等内容。篇幅不长，但信息不少，甚至不乏有趣的内容。如"山阳县民稠禾茂。……土沃……麻菽被野"说明当时淮安人口稠密，土地肥沃，农业丰收；而"巨鱼"故事则相当于"舟人"口中的有趣传说。本文中还有一段把瓦屋扮成草房的故事，你知道当时的民众为什么要这样做吗？

地灵人杰话淮安

◎汪曾祺

每个地方都有自己独特的标志。有的因山水而闻名，有的以楼台而著称。一座古朴的楼阁，取镇压淮河水患之意，叫镇淮楼，成了淮安的标志。

历史上，淮安并不平安。自从黄河改道，夺淮入海，苏北的水患就连年不断。镇淮楼呢，也没有镇住淮水。直到1949年以后，修了苏北灌溉总渠，苏北的水患才得到根治。淮水到底被镇住了。淮安呢，也真的平安了。

淮安位踞大运河入淮之口，为南北交通的咽喉要地。过去，朱自清说过一个笑话：淮安人"到了南阁楼，就要修家书"。南阁楼是才出城门的一座楼，这说明淮安人家乡观念很重。其实，走南闯北的淮安人很多，就是沿着运河而高飞远走的。

名家笔下的老淮安

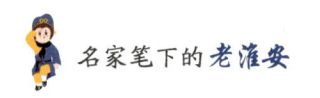

这一回，我们还是沿着运河来到淮安的。

淮安有一千五百多年的历史。不过，它身边的大运河可比它的年岁要大得多。

在《话说运河》的第一回里，我们讲到了运河的历史。如果要追溯运河的历史之源，那么，春秋战国时期，吴王夫差所开凿的一段人工河流，就是运河在我们中华大地上所留下的最早的足迹。这段人工河流，从扬州的邗（hán）沟，通到这里一个叫末口的地方。在隋朝，运河从末口经过淮水、渭水和洛水，一直到当时的京都洛阳。那么，末口是在什么地方呢？末口就在我们沿着运河北上所经过的咽喉要地淮安。

离船上岸，沿着残存的古老码头走下去，我们来到了淮安城外的河下镇。

河下，河下，顾名思义，它是大运河河边下头的一个小镇。

那石板路，不宽，而且不平整。可在明代清代，它是高级路面。别看这些街道那样狭窄，当时，这可是通衢大道。别看现在的河下镇好像很沉寂，当年，那是一座不夜城。店铺营业通宵达旦，史称"市不以夜休"。

当年留下的街巷名称，按行业命名，分布井然，可以想见这里的商业、手工业的高度发达。

为什么河下会如此繁华呢？

因为那里濒临运河，是漕运的枢纽。南方的粮食由此北运京师。

淮安昔日号称"七省咽喉"。而真正的咽喉，唯在河下一镇。今天，河下镇仍保留了古朴和繁荣。

淮安汤包，皮薄馅美。蒸熟以后馅是一包汤。不过这里普通的包子，滋味也不错。

街巷幽深处，有百年老店。铺面陈设，一如往昔。待人接物，犹存古风。

河下镇曾经是商业中心，为外籍商人荟萃之地。所以，在面积不大的镇上，设立过许多会馆。

当年，运河漕运繁忙，河下镇比较繁荣的时候，全国各地的客商，在淮安的附近建起会馆。这些会馆先后被拆除了，现在只剩下一些遗迹。

河下镇曾经有过不少盐商。盐商大都是巨富。他们争相构筑豪华的庭院。有个庭院的墙上嵌砌方砖，刻隶书"紫藤园"三字。

一棵紫藤，干如虬龙，虽是百年风物，却生机盎然。开花的时候浓紫深香，还可一任寻常百姓观赏。

庭院的主人送客出门，就留步在这门外的石鼓旁。

屋上小瓦，古朴一如当年。那承瓦的椽子不同一般。这种弧形的椽子是所谓"圆椽子"，不但费工，而且需要上好的木料。

乾隆皇帝曾经给淮安漕运总督亲笔书写"上谕"。北宋时每年经运河北运的粮食近八百万石（dàn），明清时也还有四百万石。所以，苏北人也称运河为"漕河"。

那么，总督衙门今何在？现在的体育场就是当年漕运总督府的遗址。

淮安因大运河而发展、繁荣。河下镇父老道出了昔日淮安的繁华盛景。

淮安吴承恩研究会的老先生说："'腰缠十万贯，骑鹤上扬州。'扬州是自古繁华之地。但是，河下镇的繁华可以和扬州媲美。所以有人有这么两句诗，叫作'扬州千年繁华景，移

名家笔下的**老淮安**

向西湖古渡头'。"

往事岂能成一梦，夕阳犹似旧时红。

船开过去了。船尾划破的水纹却久久未能消逝……

文通塔始建于唐代。明清两代都重修过。那是一座砖塔，无梁无柱，高"十三丈三尺"，七层八角，形制古朴。

文通塔是具有佛教传统的古建筑。塔内的底层塑着四尊释迦牟尼的金身。四尊佛像的形态一模一样，它们面向东西南北，各踞一方，很是独特。

勺湖，湖的形状像一把勺子。

周恩来同志童年时代曾经在文通塔下放过风筝，在勺湖划过船。春秋丽日，湖心塔畔，游人很多。映在他们眼里的，岂止是淮安风景？人们都说，河下风光好。其实呢？淮上人才也多呀！

韩信是"汉初三杰"之一。初属项羽，后归刘邦。楚汉相争之时，他和项羽决战，十面埋伏，四面楚歌，击败项羽于垓下。

在淮安和淮阴一带，有很多跟韩信有关的遗迹和传说。

韩信年轻的时候很穷，靠钓鱼过日子。钓鱼处有一些漂絮的妇女。其中有一位老妈妈，见韩信面有饥色仍能坚持读书习武，很同情他，便将带来的饭分给韩信吃。接连数十天，天天如此。韩信深深感激。有一天，他对漂母说，以后一旦发迹，定当重重酬报。谁知漂母听后非常生气，说："你堂堂男子汉，自己不能养活自己。我周济你，是图你日后报答吗？"

漂母的贤德传为千古美谈。

韩信"胯下之辱"的故事也发生在这里。

有一个在屠宰市充混混儿的小伙子，寻衅韩信说："要么你拿剑把我捅了。要不然，你从我的裆底下钻过去。"韩信没言语，趴下身子，从他的两胯之间爬了过去。韩信深知，小不忍则乱大谋。

很多人都知道南宋抗金名将、巾帼英雄梁红玉。可是，知道她的籍贯的人就不多了。她是淮安人，生在北辰坊。在韩世忠还只是一个普通士卒的时候，梁红玉就很赏识他的才能，以身相许。后来，她帮助韩世忠干了一番大事业。

金兀术（zhú）南侵北撤的时候，韩世忠把他诱至镇江，以八千兵力跟十万敌军决战，结果大败金兀术。梁红玉"擂鼓战金山"也成了千古传颂的壮举。

后来，韩世忠、梁红玉进驻淮安。那个时候条件很困难，梁红玉亲自用芦苇"织帘为屋"，掘根为食。

淮安城外，运河两岸，有很多蒲草。梁红玉以蒲草为食的传说引起人们的极大兴趣。到明清时，淮安人就以此创造了一套特

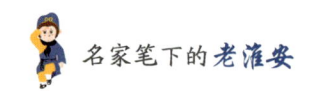

殊的烩制蒲菜的烹调技艺。

蒲叶在水中的部分如一根纤细的玉管，把这洁白肥嫩的蒲根茎烩制成菜，清香甘甜，酥脆可口，似有嫩笋之味。

关汉卿的悲剧《窦娥冤》动人心魄，那么窦娥真的从窦娥巷这里走过吗？当地有位搞文化工作的专门调查过这件事的同志说："当时，关汉卿从大都坐船沿运河南下，住进淮安。当时的淮安叫淮安府。淮安府有个都察院，专门管六个府的案件。这里有许多冤案的故事。当时关汉卿住在这儿，就遇到一件冤案。淮安农村有个小姑娘受冤。她的婆婆被害，实际是别人害的，但是罪加在她的身上。这个女子被判了死刑。临死的时候，她从牢里出来，就走的这条巷。窦娥被判死刑以后提出了三大愿。第一大愿，要在刑场上吊三丈白绫，她的头砍下后，血要冲三丈高。第二大愿，六月要下雪。所以，关汉卿的《窦娥冤》又叫《六月雪》。第三大愿，是要山阳县干旱三年。山阳县就是现在的淮安县。她死后，这三件事都应验了。群众都同情窦娥，就把这个巷子叫'窦娥巷'。"

走出窦娥巷，秋雨绵绵不绝，不禁让我们心中涌出一番感慨：六月飞雪今已已，关卿何日赋新词？

这不是水帘洞，也不是花果山。一堆顽石，倒泻的流水引我们来到了明代的大文学家吴承恩的故居。他是遐迩闻名的魔怪小说《西游记》的作者。

吴承恩的塑像是依据考古发掘出来的吴氏头骨复原的，这在国内还是绝无仅有的。

修复后的吴承恩故居，却似有门庭萧然之感，颇有先生"喜笑悲歌"的意境。吴承恩是淮安人。其故居在河下镇的打铜巷。晚年，他隐居故里，在寂寞的角落里，于七十一岁高龄之时，挥笔写下了近百万言的不朽巨著《西游记》。

那个简朴的书屋叫"射阳簃（yí）"。据说，《西游记》就是在那古雅的书案之上跃然诞生的。

吴承恩文勋卓著，却一生穷困潦倒。他悄然地离开了人世。

残灯尽矣，问先生又写得几许奇文？谁曾料这一豆微光，照彻五百年神踪魔影。身后，大名远播西国东瀛。今墓碑犹在，多少后生感钦景仰。

关天培是鸦片战争时期誓死抗英、坚守虎门的爱国将领，是林则徐肝胆相照的至交。一八四一年，关天培壮烈殉国后，葬于县城东郊。城中建有关天培祠。林则徐撰写了一副很长的挽联，表达出他对庸臣误国的愤慨和对故友的钦仰。对联是："六载固金汤，问何时忽坏长城，孤注空教躬尽瘁；双忠同坎壈，闻异类亦钦伟节，归魂相送面如生。"

一八九八年三月五日，周恩来同志诞生在淮安驸马巷的一座普通的宅院。他的祖籍是浙江绍兴，从祖父那辈起就移居淮安。周恩来同志一直住到十二岁。他曾经说过："生于斯，长于斯，渐习为淮人。耳所闻，目所见，亦无非淮事。"

周恩来同志献身革命，四海为家。他曾改了一句唐诗，抒发自己的乡思，说："我是'少小离家老不回'呀！"

苏北人家多于庭院中种菜，雨后采摘供膳既方便，也较市上买来的更有滋味。周恩来同志幼年也曾浇园锄菜。这一片菜地，依稀还似当年，却也曾闪现过总理那终生耕耘的令人景仰的身影。

"无情未必真豪杰。"离乡半个世纪，周恩来同志对故乡深怀恋情。

一九六〇年，周恩来同志从南方返回北京。机组同志为了安

名家笔下的老淮安

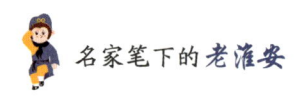

慰周总理的思乡之情，在飞机经过淮安的时候，特地低空飞行，打了几个圈子，让周总理俯瞰自己的家乡淮安。

离开江淮重镇淮安，我们沿着运河继续北上。

> **读与思**
>
> 汪曾祺（1920—1997），江苏高邮人，著名作家，有《昆虫备忘录》《胡同文化》《端午的鸭蛋》《金岳霖先生》等多篇文章被选入不同版本的中小学课本，1938年曾在淮安中学短期借读。
>
> 1987年央视播出33集电视纪录片《话说运河》，其中第17集为《地灵人杰话淮安》。本文是汪曾祺先生为这一集所撰的解说稿。纪录片的一帧帧画面生动地展现着淮安的"地灵"、淮安的"人杰"。作为淮安人，读完本文，你是否会生出几分自豪感呢？对同学或家长谈谈你的感想。

南北分界的淮安

◎刘兴诗

古淮河和京杭大运河边的淮安，在一座跨河大桥上修造了一个圆圆的"地球"。球面被涂抹得花里胡哨的，按照冷暖色调分为南、北半球。这座桥的桥面也从中间分为红、蓝两色。

咦，这是怎么回事？原来是南北地理分界的标志呀！我们常常说南方和北方不同。南方和北方不仅自然环境和物产不同，连人们的生活习惯也有些不一样，人也有南方人和北方人之分。

古时候人们早就发现淮南甜甜的橘子，到了淮北就变成酸酸的枳。这是南北环境不同造成的结果。

名家笔下的老淮安

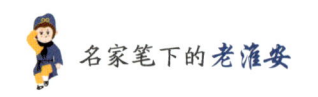

仔细想一想，南方和北方还有很多不同。南方气候湿润，阴沉沉的梅雨下个不停；水田多，种水稻，吃大米；以常绿阔叶林为主，甘蔗、茶叶很有名。北方气候干旱，几乎天天都是大太阳；旱地多，种小麦，吃面食；以针叶林和落叶阔叶林为主，棉花生产比较好。南方人划船，北方人骑马。南方人过年吃汤圆，北方人过年吃饺子。南方人性格温和，北方人性情爽朗。甚至南北方言的音调也有很大的差别。

这一系列差别是怎么形成的？这和不同的自然环境有很大的关系。南方和北方事实上存在着一条自然界线。南北的界线在哪里？地理学家说，就是横亘东西的"秦岭—大别山—淮河"这一条界线呀。

秦岭、大别山好像一道高高的墙壁，把南北两边分得清清楚楚。淮河流淌在平坦的冲积平原上，似乎界线不太明显，是渐渐过渡的。淮安这个特殊的南北地理分界的标志，提醒大家注意南北的差别。

淮安位于江淮平原中部，京杭大运河和古淮河交汇的地方，是漕运和盐运的枢纽，交通位置很重要。古时候这里是南船北马的转换处，北方人到这里就下马乘船继续南下，南方人到这里就下船换马车接着北上，南北来往的客商数也数不清，商业十分繁荣。清朝乾隆年间，淮安发展达到了顶点，和扬州、苏州、杭州并称为"运河四大都市"，号称"运河之都"。

淮安还有很多有趣的事情呢。仔细观察淮河两岸的风土人情，你会发现许多差别。淮河以北的淮海戏十分粗犷豪放，淮河以南的淮剧则唱腔柔和。淮河以北的房屋土墙四合院很多，而淮河以南的房屋砖瓦房多，"U"形、"L"形的多，四合院少。

这里紧紧挨着全国五大淡水湖之一的洪泽湖，加上高邮湖、白马湖，是有名的鱼米之乡，物产丰富。

淮安和扬州是中国四大菜系之一淮扬菜的发源地。周恩来同志喜欢吃的平桥豆腐、青菜炒香菇、鲤鱼萝卜汤、荠菜春卷等，就是他家乡的淮扬菜。淮扬菜口味很鲜很淡，和四大菜系中的川菜、鲁菜、粤菜不一样。如果你不信，就来尝一尝。

淮安历史上出了许多著名人物。除了周恩来，还有汉朝开国元勋和大军事家韩信、南宋击鼓抗金兵的女英雄梁红玉、《西游记》作者吴承恩、《老残游记》作者刘鹗、鸦片战争中的民族英雄关天培等。

读与思

刘兴诗，1931年生于湖北武汉，著名科普科幻作家、儿童文学作家，北京大学地理专业毕业，地质学教授、史前考古学研究员、果树古生态环境学研究员，代表作品有《美洲来的哥伦布》《星孩子》等。

淮安是一座特殊的城市。历史上"襟吴带楚"；地理上横跨淮河两岸，清江浦区在"南方"，淮阴区在"北方"；有着北方粗犷性格的淮海戏和有着南方婉约性格的淮剧同在淮安蓬勃生长。你还知道南北方有哪些不同？

群文探究

1. 淮河，是淮安的母亲河。她滋养着淮安，哺育着淮安。读本组诗文，找一找，淮河从哪些方面养育了淮安这座城？可以从淮安的鱼米之乡、气候、交通、文化、城市名称等几个方面考虑。

2. 如果用一个字来形容淮安，似乎"融"字最为恰当。淮安不仅有南方、北方的"南北之融"，还有黄河、淮河交汇带来的"黄淮之融"，以及襟吴带楚的"吴楚文化之融"、明清时期的"南船北马之融"。读本组选文，体会淮安的融合汇通。

3. "书读百遍，其义自见。"《纪程之淮安》是一篇文言文，读起来会有难度。静静地、用心地读这篇古文，看看你是读到第几遍开始"其义自见"的。另外，这篇选文，作者一共记录了11天，但并不是连续的，其中漏了一天未记。你能把漏掉的这一天找出来吗？请用文中同样的记日期方法把它补上去。

第二章　淮上明珠

十里清淮上，长堤转雪龙。

　　《柳树湾记》的文字实在优美，能把每一个词都拿捏得恰到好处。当然，另两篇——《质朴的洪泽湖》《清江浦清宴园记》，均是因为其"质朴"而不奢华的文字而被选中，值得细读。《春到淮上》则以俏皮的文字，描绘出了淮安春天的美景。一起读起来吧！

扫码立领
★ 名师朗读
★ 美文微课
★ 城市印象
★ 老城记忆

名家笔下的**老淮安**

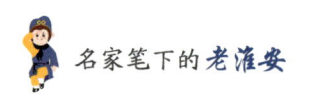

淮河诗三首

渡 淮
〔唐〕白居易

淮水东南阔，无风渡亦难。
孤烟生乍①直，远树望多圆。
春浪棹声急，夕阳帆影残。
清流宜映月，今夜重吟看。

注释

①乍：突然。

正月一日雪中过淮谒客回作二首·其一
〔宋〕苏 轼

十里清淮上，长堤转雪龙。
冰崖落屐齿①，风叶乱裘茸②。
万顷穿银海，千寻③度玉峰。
从来修月④手，合在广寒宫。

注释

①屐齿：木屐的齿。屐是鞋子的一种。
②裘茸：皮衣的软毛。
③寻：古代长度单位，八尺为一寻。
④修月：民间传说，月由七宝合成，人间常有八万二千户给它修治。

过淮三首赠景山兼寄子由·其一

[宋] 苏 轼

好在长淮水，十年三往来。
功名真已矣，归计亦悠哉。
今日风怜①客，平时浪作堆。
晚来洪泽口②，捍索③响如雷。

注释

①怜：同情。
②洪泽口：洪泽湖口，淮河进入洪泽湖的入水处。
③捍索：强劲的水流击打锚链。

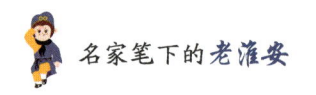

名家笔下的老淮安

> **读与思**
>
> 　　淮河，古称淮水，与长江、黄河、济水并称"四渎"，被列为我国七大江河之一。《渡淮》刻画了船渡淮水的急险，展现了淮水壮阔而险恶的一面。《正月一日雪中过淮谒客回作二首·其一》生动地描写了雪中淮河的壮丽景象，并以"修手"自许，寄托了诗人修明政治的抱负。《过淮三首赠景山兼寄子由·其一》运用比喻和拟人的手法，描写了洪泽湖上的风浪，隐含着诗人对仕途险恶的万般感慨。读了这三首诗，你一定对淮河印象深刻吧？请用几个词语形容一下淮河的特点。

春到淮上

◎李利军

纤手弹破桃花的笑

蝴蝶飞上里运河岸官员的帽

柳树嫩芽像婴儿的眼

梨花的白让她忍不住炫耀

白马湖的樱花跑到楚秀园选美

樱花园里樱花一听慌得闪了腰

铁山寺的老藤上云雀闹

啊,淮安的春天

谁在这花海里喧闹

名家笔下的**老淮安**

荷花回眸闪亮鱼的眼

荡里的浮萍停下追逐的脚

素手添香媚倒了清晏园读书的公子

读书处的一品梅在寒风里傲

五岛湖的鹭影像情人的眉

勺湖的塔影弯成了树梢的月

漂母她翘首将谁期期地望

啊，淮安这春天

谁在等待谁的来到

读与思

诗人通过灵动、俏皮的笔触，点化了淮安春天的美景。找一找，诗中有哪些淮安赏春好去处？请写在相关的诗句后面。

柳树湾记

◎赵 恺

或许是因为历史沧桑，或许是因为入乡随俗，黄河的性格进入淮阴就平和散淡了许多。比如黄河故道在我宅之西侧就像民族舞蹈一般从容优美地转了一个弯，于是河滩就豁然开朗起来。弯弯河滩上生息着一个弯弯的柳树群落，这个群落叫作柳树湾。柳树湾的一侧是水面，一侧是河堤。河堤高耸陡峻，那个气势甚至让人想到黄土高原。从堤上向下望，像是俯瞰高原峡谷。秋寒水瘦，一湾的柳树整个露在河滩上。这时的柳树湾就长草，青草就招引牛羊。及夏，水势枯荣无定，河高树矮，河矮树高，柳树湾常常

名家笔下的**老淮安**

沉浮在静静流水里。

柳树湾清一色"姓柳",一棵杂树都没有,好比一个自然村落没有一户别支旁姓。想想也是,平民身份,平民组合,又置身于一个平民生态之所在,依照时下说法叫作弱势群体——只要有一线生机,谁又愿意在弱势群体里扎堆呢?

柳树湾的柳树茂密葱茏、生机盎然,它们攒动着、拥挤着、搀扶着、呼唤着,仿佛苏北乡村正月十五赶庙会。走进林子,驻足林子,潜心林子,把自己当作一棵柳树去倾听、去感受、去领悟柳树,才逐步体察到平民群落的生命意蕴。

如果用泼墨写意的手法描摹柳树湾,那就可以借用欧阳修的名句"环滁皆山也"。柳树湾四顾皆树。用工笔画柳则一树一品,形神各异。腰背伛偻、肌肤粗粝却又恭谨审慎不失尊严的是长者。腰背伛偻是因为重压,肌肤粗粝是因为刻画。时间是物质,时间有锋芒。阴晴圆缺,悲欢离合,一圈一圈,时间在树的心中留下神秘印记。时间的笔迹是世间最古老的文字。古老,且无解。无解,人类便只能语焉不详地把这种象形文字称作年轮。文字无奈,文学也就跟着无奈。它像难以洞察、难以把握、难以表述一棵树一样地难以洞察、把握、表述一位老人,于是只能拿老人和树互作比喻,说老人的面容像是一棵历经沧桑的树,再说树的面容像是一位历经沧桑的老人。

时间刻画老树,也刻画年轻和幼小的树。年轻的以柔韧抗争时间。随着进刀的轻重疾徐,它们或是缄默,或是战栗,或是形容憔悴、头发披散、身躯摇撼地振衣而起,这时的柳树湾里总回旋着木质乐器一般的呜呜呐喊。连呐喊都是温厚的呐喊,但它确是呐喊而不是倾诉。性格柔韧但脊椎直立,直立的脊椎不屑倾诉。

哪怕枝条折断委弃于地，它也贴近泥土，扎根泥土。之后，再用千丝万缕的根须拥抱泥土。认真而又耐心地抽出枝条，认真而又耐心地伸展叶片：二十年之后，它不就又是一条顶天立地的汉子了吗？

一个仲夏之夜，风雨交加、雷电轰鸣。严格地说那种雷不是典型的雷，是霹雳。它不是横空出世，是飞流直下。不是轰隆隆隆隆，是咔嚓嚓嚓嚓——就是舞台效果中抖动白铁皮以模拟轰鸣的那种轰鸣。那天我彻夜未眠：怕小树受惊，怕大树受伤。第二天一早，我急匆匆赶到柳树湾去了。果然，一棵大柳树被一尊战斧式导弹一般的雷霆当头劈开，巍峨的"Y"形纪念碑凄然裂作两半。那是一棵出类拔萃的树，出类拔萃往往疏忽自卫。倾斜而没有倾倒，翠绿的鲜血自烧焦的伤口喷涌而出，在树的根部汇聚成灼灼细流。两只臂膀斜刺里楔入青天，主干是骨骼，枝条是翎管，树叶是羽毛，受伤的柳树是一尊伸展双翼的鹰。挲挲颤抖，是飞翔的向往。

河堤在纵向上发展和丰富了柳树湾，把原是平面的河滩结构为三维建筑。堤上以槐树为主，还有榆树、杨树、水杉、刺枣、野梨、臭椿、皂角，以及许多我叫不出名字的树种。矮一层的有枸杞子、荆条、蒺藜、拉拉藤。槐树开花，柳树湾上一片云海。与稻麦瓜豆同在，槐花的气息是平民气息。微风过处，落英缤纷，仿佛苍天抛撒碎琼乱玉。纷纷扬扬之间大地一片洁白，那时的柳树湾仿佛一座露天银矿。枸杞子秋天结实，它把一个漫长夏季的阳光凝结为颗粒。那点点滴滴的晶莹，让人想到红豆诗，又让人想到蔡亮的油画《延安火炬》。拉拉藤细长有刺，遇人走过或牵衣，或扯袖，像是婉约派诗人。最矮的不知名小草柔弱羞怯，它依偎地

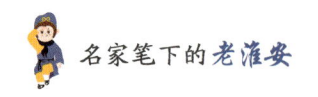

面仿佛依偎母亲怀抱。叶圆，圆得像雨花石。开黄花，花朵碎碎的、亮亮的，像米点山水，也像莫奈对于光的印象。

　　入春，柳树湾生长声音。以鸟雀鸣啭为序曲，仿佛奥地利金色大厅讲述《维也纳森林的故事》。平民之树生息平民鸟雀，原创性地把平民歌手升华为森林艺术家。山爪爪、灰喜鹊、布谷鸟、斑鸠是合唱演员。合唱演员也有讲究，比如山爪爪就唱民族，灰喜鹊就唱通俗，布谷鸟就唱美声。也有因缺乏天赋而功亏一篑地止步于爱好者层次的，比如麻雀。独唱演员有黄鹂，有画眉，有百灵。杜甫说"两个黄鹂鸣翠柳"，那意境之熨帖精到，不入柳树湾是感悟不透的。一个黄鹂单调，多个黄鹂芜杂，两个则相依又互补。如果没有翠柳，黄鹂就是发声练习至多也只能算是即兴清唱。有声有色，美之羽翼才能找到自己得以栖身的巢穴。温润、澄澈、华丽、辉煌，极具地域特征的是麦秸鸟。在麦地栖息，到森林歌唱。只在麦秸由青转黄的时节为收获歌唱，并且只在森林歌唱——麦秸鸟赞美收获、尊崇森林。冗长使人倦怠，简洁使人警策。麦秸鸟的作品就只有一个乐句，这个乐句又只有三个音符，它的旋律是：咪——啦咪。第一个"咪"舒缓从容、自尊自信。"啦"则是一个转瞬即逝但极富张力的下滑音，如影随形的"咪"又是一个惊世骇俗的下滑音。两个下滑音组成两极落差，使平静的黄河故道得以重温"黄河之水天上来"的壮怀激烈。

　　器乐不多，但有，比如啄木鸟就执着于打击乐。

　　蝉鸣是风格独具的大型室外声乐作品。万人合唱，百架钢琴，大炮指挥，蝉鸣的规模让人忆及约翰·施特劳斯《蓝色多瑙河》的首演。最初的鸣唱是一只蝉的鸣唱，羞涩但是明亮，像泪珠，像渔火，像安徒生笔下的第一根火柴。接着一棵树歌唱，接着一丛树歌唱，再之后，大森林的灵感便以规模的态势轰然苏醒了。如壶口之瀑，如钱塘之潮，铁青的蝉群发出铁青的呼唤，天地之间回旋着铁青的回应——柳树湾的蝉鸣是东方版本的《电闪雷鸣波尔卡》。生于泥土，死于泥土，蝉应该算是经典意义的平民了。一介平民却倚天而歌。在柳树湾，大地的语言和天国之音并不遥远。

读与思

　　这篇散文文字之美，如诗如乐。哪些词、哪些语句让你眼前一亮，赞叹连连？请找出来，读一读，再把它们摘抄到下面的横线上。

名家笔下的老淮安

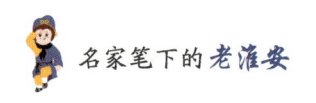

质朴的洪泽湖

◎魏家骏

游艇鸣响了汽笛,"呜——",起锚了。船头劈开湖水,朝向洪泽湖的湖心驶去,在湖面上留下扇面似的波纹。

就在登船的前一刻,阴沉了半天的天空忽然散尽了乌云,把灿烂的阳光洒向湖面。放眼望去,波涛向远方轻涌,而在波浪涌起的瞬间,那小小的浪尖上便反射出一点一点的阳光,像金属的箔片,像闪动的羽毛,像耀眼的鱼鳞,在船头前,在船尾后,在舷的两侧,闪烁着,闪烁着,为平静而邈远的湖面增添些许动人的光彩。

人们用想象装点着洪泽湖的飘逸,说它像一只美丽的天鹅飘落在广袤的苏北平原上。但是,对我们这些普通的游人来说,无法俯瞰大地,哪里能有如此美妙的感受。眼前的洪泽湖,只不过像一个浑厚质朴的苏北农家汉子,或者像一个不施粉黛的湖上渔娘,默默地、平平淡淡地、不事张扬地生活着、劳作着。波涛汹涌,那是属于大海的浩瀚;惊涛拍岸,那是属于洞庭湖的壮丽;而水光潋滟,又是属于西湖的秀美。洪泽湖,没有高耸的远山作背景,也没有青翠的绿坡作映衬,甚至也已经没有了古典式的静穆和幽雅。浩渺的湖面上,运输船队繁忙地驶过,留下一片震耳的轰鸣。大拖轮牵引着一长串驳船呼啸而过。轮船的尾舵上,并列着三只、四只甚至五只柴油机作动力,摇橹划桨撑篙都已成为往事。"世上三样苦,撑船打铁磨豆腐",眼前的水手们却表现得格外悠闲。

长不过丈余的小划子，不时在船队旁游弋。舱板上陈列着五颜六色的烟酒饮料、粮袋油壶、日用杂物，可算得上是水上的微型流动超市。有一只小筏子上竟然悬挂着叮叮当当的铜勺铁铲，下面舱板上还叠放着大大小小的铁锅铝锅，俨然是个炊具专卖店。

我们的游艇向湖心深处驶去。船队远去了，湖面平静了，只有围网在碧流中默默地护卫着水下的鱼群，把宽阔无际的湖面衬托得更加平静幽远。远处隐约可见一段半环抱的堤岸，在湖心矗立着一座湖心岛，孤零零地守在一片浩渺的碧水中。这就是洪泽湖避风港，一座四无倚靠的湖中的安全港。游艇在大堤的一端停靠下来，我们手足并用，爬上堤岸。极目四望，湖面开阔，风平浪静。堤岸的外坡用方形八足的水泥块护坡，使大堤更加坚如磐石。堤岸的另一端，用太湖石垒筑起一座标识，中间镶嵌着一块方形花岗岩碑石，似向驶过的渔船遥遥招手致意。碑石上镌刻着一位老将军飘逸的题字：洪泽湖避风港。这位老将军在抗日战争时期曾转战在洪泽湖两岸。我想，他在为这段不足一里路长的避风港题字时，应该为今天的渔民可以在风浪中找到一处平安的避风港湾而感到欣慰吧。

水在流，浪在涌，这座避风港在湖中岿然挺立，用它宽阔的胸怀，在风浪中庇护着洪泽湖的子民，把卷起的浊浪挡在自己的身后。在这里，我们看到了洪泽湖的性格中真诚质朴的一面，像父亲一样的壮硕坚定，像母亲一样的温和慈祥。啊，质朴的洪泽湖！

名家笔下的老淮安

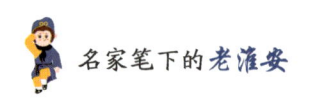

读与思

　　洪泽湖是由湖东侧绵延近70公里的大坝（古称高家堰，现称洪泽湖大堤），拦蓄淮河流域上中游的全部来水而形成的平原特大型水库。源于河南省桐柏山的淮河本是一条单独入海的大河，很少发生水灾，有着"走千走万，不如淮河两岸"的美誉。在公路不发达、没有铁路和航空运输的时代，淮河是一条黄金运输水道。南宋初年，黄河夺淮，带来大量泥沙，不断抬高下游河道，影响航运，也影响行洪。为了"蓄清刷黄"，明朝万历年间，开始筑堰蓄水，终成如今的洪泽湖。洪泽湖淹没了明祖陵，淹没了泗州城，成了我国第四大淡水湖。

　　洪泽湖大堤是一项伟大的水利工程。没有大堤，就没有今天的洪泽湖和湖东的一片沃野。"倒了高家堰，淮扬不见面"就是对大堤重要性的真实写照。到洪泽湖大堤上去，体会大湖的壮阔和古堰的宏伟，与陈登、潘季驯、郭大昌、黎世序、林则徐等筑堤功臣们对话吧。

　　读完这篇文章，请你找出描写洪泽湖母亲般温和慈祥的句子，并做上标记。

清江浦清宴园记

◎ [清] 蔡云万

　　清江护军使署即前清漕运总督旧署也。署西有园名清宴，地址广四五顷。近南辟有荷池，池面占地约一顷，中有石亭一围，栽细柳如丝，红桥长十余丈，蜿蜒曲达水亭，予曾有诗云："翼然亭峙水中间，丝柳低遮近可攀。妙处正须无路到，红桥曲达绿波环。"夏时荷开最盛，池边老柳大逾十围，沿池又有凉亭四五座，随处可息，风景殊动人，盛暑纳凉于此，尤觉别有天地。陆春江为漕运总督时，有"水心亭护观音柳，池面花开君子莲"一联，文彬题有"倚虹得月"之额，张人骏有"开成香雪海，疑是广寒宫"

名家笔下的老淮安

一联，均悬亭内。北为"荷芳书院"四字横匾，系清乾隆十五年漕督高斌所书。荷芳书院仅大厦三楹，异常宽敞，四面明窗高启，悬有陈夔龙、段祺瑞、蒋雁行所撰诸长联。近接院室之东有紫藤一架，长十数丈，绿荫张盖，花时若垂锦，枝干纠结，根蟠若蛇龙，殆三百年外物也。藤之左右皆种竹。院室之西有木香一架，架西橐鹤二，历任督漕使者多宴会于此，为公余觞咏地。迤西有观音楼，松椿所建，为朝暮诵经休养处。东为假山，上有高榭近俯荷池，松椿集句云："对竹思鹤，临渊羡鱼。"张人骏集句云："五步一楼，十步一阁。山不在高，水不在深。"均妙极自然。再东为四面亭，张人骏用苏句"荷花世界柳丝乡"额于上。假山北为文彬所建校射亭；再北为御碑亭，有康熙至咸丰列代所赐河臣御碑砌于亭内，每逢朔望漕臣均诣亭拈香。今日对之，不禁有物是人非、麦秀禾油之感矣。予容护署，九更寒暑，甲子冬予室由署东迁于署西，开窗则全园景物在目，四时之盛胥览焉，有杂咏二十余首，刊诗集中。

（选自《蛰存斋笔记》）

读与思

蔡云万，出生于1870年，江苏盐城人。清宴园，1991年更名为"清晏园"，是我国治水和漕运史上唯一保存完好的衙署园林，有"江淮第一园"之称。它糅北方的开阔与南方的玲珑于一身，使游人于玩乐中得到美的享受。清晏园虽然不大，但是是一个值得游赏的好去处。你有兴趣游赏清晏园并说说你的感受吗？

第二章 淮上明珠

白马湖

◎干石泉

"白马湖平秋日光,紫菱如锦彩鸳翔。荡舟游女满中央,采菱不顾马上郎。争多逐胜纷相向,时转兰桡破轻浪。长鬟弱袂动参差,钗影钏文浮荡漾……"这是唐代诗豪刘禹锡在白马湖泛舟时,留下的赞美白马湖的诗歌《采菱行》。白马湖,古称马濑湖,位于淮安市境内,淮河下游段右岸水系湖泊。因其形态酷似一匹桀骜的白马,故取名为"白马湖"。水美、景美、湖鲜美,白马湖的美,让人沉醉。

灵动的水之美

过去的白马湖水域由于长期的围湖养殖,水域生态破坏严重。经过长期治理,如今白马湖的水放眼望去,晶莹剔透,清澈见底。

> 名家笔下的**老淮安**

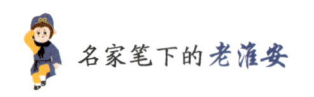

　　乘一叶扁舟游弋湖面，张目远眺，远处水天一色，渔帆点点，波光粼粼，顿时有豁然开朗的感觉。从近处观察，水面平得像一面镜子，水面下的藻草随波逐流，一群群自由的鱼儿悠闲地游着。抬起头，一阵清风拂面，令人心旷神怡。

清新的景之美

　　白马湖的景，清新雅致，恬淡幽静，自然天成。她不是浓妆艳抹的豪门贵妇，而是青衣素裹的小家碧玉。

　　白马湖给人的印象不是碧波万顷、浩渺无垠的一片白水。它的特色在于整个景点都融汇在原始生态之中，处处呈现出一派自然风光。有红枫谷、蓝莓园、菊花基地、十里桃林、梅园……白马湖的与众不同之处还在于水上有林木，湖中有村庄。早年人们将浅滩筑起道道堤埂，在堤埂上种下白杨水杉。如今已是林木森然，绿树成荫。它成为湖面的绿色屏障，减少了风浪对围养的灾害，又成了湖面上一道靓丽的风景。

　　白马湖上九十九墩大多有人居住，这就是著名的水上村庄。清晨炊烟袅袅，鸡犬相闻，青砖红瓦隐现于苇丛绿树之中，犹如一幅水墨丹青；窈窕俊秀的渔家姑娘在水边洗涤衣衫，清波中荡漾着五彩的涟漪，则另是一番景象。

诱人的湖鲜之美

　　白马湖的湖鲜食材多源于"三水"，即水产、水禽、水菜。水产品有鱼、虾、蟹、鳖、螺、蚌等，水禽类有白鹅、麻鸭、野鸭、獐鸡等，水生蔬菜有莲藕、芡实、菱角、茨菇、荸荠、蒲菜、茭白等。它们来自湖区，都是在纯天然绿色环保条件下出产，品质优良。

　　白马湖人有着"无鱼不成席"的独特风情和习俗。"无鱼不可汤，无鱼不可烧，无鱼不可煎，无鱼不可羹，无鱼不可蒸"，形成了湖鲜美食以鱼类为主的特色菜肴。其"全鱼宴"遐迩闻名，成品有红烧类、热炒类、清炖类、汤水类等等。采用烧、烤、煎、炒、煨、煮、蒸等烹饪技艺，精心制作。口味浓淡相宜，鲜香兼备，注重清醇淡雅，原汁原味。"全鱼宴"既保持传统，又有所创新，是养生保健的美食佳肴。若你有兴趣前来品尝，定会让你大饱口福。

　　这里的美让人沉醉倾心。

　　　　　　　　（节选自《一见倾心白马湖》，题目为编者所拟）

读与思

　　淮安境内的白马湖，因其历史源远流长、文化底蕴深厚和物产丰富而独具特色。地质学家考察认定，淮安白马湖不是人工水域，而是地质演变的结果。七千多年前，就已形成今日大湖的格局。居高鸟瞰，湖形酷似一匹飞腾的骏马。自古以来，白马湖一直是沟通南北的水上交通要道。春秋时期，吴王夫差调用民工开凿邗沟，将长江与淮河相连，白马湖成了邗沟古道的一部分。

　　只有来到白马湖边，沿着环湖公路驾车、骑行，才能真正体会到它的美，才能体会到它的"满湖春水"和"水风腥"。你准备好去读白马湖这本大自然的书了吗？

群文探究

1. 如何体会《柳树湾记》的文字？你可以多去几趟柳树湾。秋天去体会柳树湾的"秋寒水瘦"；夏天去体会柳树湾的"茂密葱茏""河高树矮，河矮树高"，以及柳树们的"一树一品"，去听鸟儿们的各色歌唱。

2. 试着找出以下每段文字中最让你感觉眼前一亮的比喻，并简要说明理由。

（1）最初的鸣唱是一只蝉的鸣唱，羞涩但是明亮，像泪珠，像渔火，像安徒生笔下的第一根火柴。

（2）放眼望去，波涛向远方轻涌，而在波浪涌起的瞬间，那小小的浪尖上便反射出一点一点的阳光，像金属的箔片，像闪动的羽毛，像耀眼的鱼鳞，在船头前，在船尾后，在舷的两侧，闪烁着，闪烁着，为平静而邈远的湖面增添些许动人的光彩。

3. 是"清宴园"，还是"清晏园"？如果你还是不清楚，只能到清江浦此园前去看一下了，顺便进园半日游。

第三章　运河之都

红灯十里帆樯满，风送前舟奏乐声。

淮安因河而生，因河而兴。康熙沿大运河南巡淮安，他看到"红灯十里帆樯满"的繁荣。黄钧宰看到了淮安"上下十数里，街市之繁，食货之富，五方辐辏，肩摩毂击"之盛。读《水门桥市井》，则可知晓五十多年前在里运河边挑水洗衣的淮安人民的日常。河下在明清时期，"市不以夜息"，有许多专业的市场，如茶巷专卖茶叶，钉铁巷专做铁匠生意，打铜巷专做铜器，估衣街专门买卖旧衣服……

扫码立领
★ 名师朗读
★ 美文微课
★ 城市印象
★ 老城记忆

名家笔下的**老淮安**

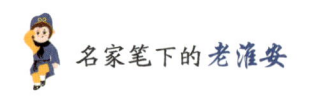

运河诗三首

晚经淮阴
〔清〕爱新觉罗·玄烨

淮水笼烟夜色横，栖鸦不定树头鸣。
红灯十里帆樯满，风送前舟奏乐声。

清江闸①
〔清〕吴伟业

岸束穿流怒，帆迟几日程。
石高三板浸，鼓急万夫争②。
善事监河吏，愁逢横海兵。
我非名利客，岁晚肃宵征。

注释

①清江闸：又称清江大闸，位于淮安市区里运河上，是目前京杭大运河沿线保存最完好的运河文化遗产之一。始建于明朝初年，用于控制运河的流量和调节水位，使漕运船只顺利通过。

②鼓急万夫争：表现了当年舟船过闸的艰难，有很强的画面感。

邗 沟[1]

[宋] 秦 观

霜落邗沟积水清,寒星[2]无数傍船明。
菰[3]蒲[4]深处疑无地,忽有人家笑语声。

注释

[1]邗沟:古运河名,沟通长江和淮河,在淮安到江都之间。
[2]寒星:形容深秋时的星星。
[3]菰:草本植物,生长在浅水里,花紫红色。嫩茎黑粉病菌寄生后膨大,叫茭白,果实叫菰米,都可以吃。
[4]蒲:香蒲,俗称蒲草。多年生草本植物。生于水边或池沼内。

读与思

淮安享"运河之都"的美誉。运河让淮安成为中国南北漕运的咽喉,也是中国运河文化的遗产之一。明清时期,淮安是漕运总督部院所在地,漕船都以淮安为起点或终点。当时南船北马,码头边人来人往,商贾云集,人流如织。淮安因漕运而兴盛,也因此实现了经济繁荣。《晚经淮阴》写出了淮安人民在淮河的默默守护下安居乐业的情景。《清江闸》为诗人在途经清江闸时留下的写实诗句,生动地再现了当时行舟过闸时水流湍急、鼓声雷动、万夫拉纤的景象。《邗沟》运用白描手法,勾画出深秋季节的邗沟美丽恬静的自然风光,以及渔家欢乐自在的水上生活。你对运河还有哪些了解?请查阅资料,把你感兴趣的记录下来。

名家笔下的老淮安

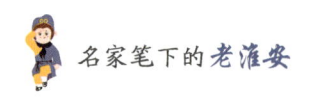

河 工

◎［清］黄钧宰

南河岁修银四百五十万，而决口漫溢不与焉。浙人王权斋，熟于外工，谓采买竹木薪石麻铁之属，与夫在工人役，一切公用，费帑（tǎng）金十之三二，可以保安澜。十用四三，足以书上考矣。其余三百万，除各厅浮销之外，则供给院道，应酬戚友，馈送京员过客，降至丞簿、千把总、胥吏兵丁，凡有职事于河工者，皆取给焉。岁修积弊，各有传授。筑堤则削洪增顶，挑河则垫崖贴腮，买料则虚堆假垛。即大吏临工查验，奉行故事，势不能亲发其藏。当局者张皇补苴（jū），沿为积习，上下欺蔽，瘠公肥私，而河工不败不止矣。

故清江上下十数里，街市之繁，食货之富，五方辐辏，肩摩毂（gǔ）击，甚盛也。曲廊高厦，食客盈门，细觳（hú）丰毛，山胹海馔，扬扬然意气自得也。青楼绮阁之中，鬓云朝飞，眉月夜朗，悲管清瑟，华烛通宵，一日之内，不知其几十百家也。梨园丽质，贡媚于后堂；琳宫缁流，抗颜为上客。长袖利屣，飒沓如云，不自觉其错杂而不伦也。然而脂膏流于街衢，珍异集于胡越，未尝有挥金于室，开矿于山者。荙楗华身，而河流饱腹，自上下下，此物此志也。

（选自《黄钧宰集》）

读与思

黄钧宰，字宰平，号钵池山农，别号天河生，江苏淮安人。清朝中后期的戏剧家、文学家。出生于"累世读书，科名相望"的书香家庭。著有《比玉楼传奇四种》，其中《十二红》为揭露江南河道总督署的积弊而作，针砭甚力，也最著名；《金壶七墨》记游幕期间之亲见亲闻，保存了一些有关鸦片战争的珍贵史料，是著名笔记。

明清时期，淮安是全国河运、漕运中心。本篇第一段写当初"南河岁修银四百五十万"如何被"瓜分"，又有多少是真实用在河道维护之上，以及"河工"如何弄虚作假应付检查等；第二段写清江（即淮安清江浦）因之而繁荣的盛况。你从文章的叙述中体会到了作者什么心情？作者以清江的繁荣为荣吗？

名家笔下的*老淮安*

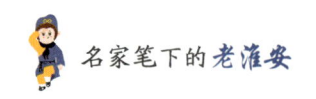

水门桥市井

◎陈亚林

　　我是喝着运河的水长大的。小时候，我所住的一个大院里，足有百十号人，与里运河毗邻。20世纪60年代，偌大的一个院子，也就大门口一个自来水管，由一个"屠"姓驼背老人看管。大院里的人不分老少，都称看水人为"屠老爹"。自来水管伸到传达室一个小窗户外，阀门在里面由看管人控制。大桶一分钱一桶，小桶为一分钱两桶。人口多的人家，在那个年代，光靠买水是远远不够的。大家只能将自来水当作饮用水。淘米洗菜、洗衣浆裳，还需到水门桥下面的里运河完成。

　　那时候的水门桥下，有十几层古老的石阶，也被称为码头。石阶两旁的坡面，常有人拿它当搓衣板用来洗衣服。我和邻居们就蹲在这石阶上淘米洗菜。

　　河堤上常有老人和孩子放着的小鹅小鸭，在悠闲地吃着青草。夏天，我们在河边洗碗，时常会有小鱼游来游去，抢食洗碗时掉水中的米粒。若是赤脚站在水里不动，有时还能感受到小鱼小虾在脚面和双腿间来回穿梭游弋……水桶往水里一晃荡，居然还会捕捉到小鱼小虾。我们有时候在河边戏水玩耍捉鱼虾，甚至都忘了回家。

　　为了省钱节约自来水，很多人家干脆就吃运河里的水。那些年老体弱，家中又没有人挑水的，就雇人挑水。我记得挑水人会穿着草鞋，大概是为了防滑。挑水人怕水从桶里荡出来，还会在桶里飘上两片荷叶。

院里的每户人家都备有水缸。水挑回去，要用明矾来沉淀。记得大人们总是手抓一块明矾，在水缸里顺时针绕着圈，只见缸里的水漩起一个大大的窝，直到看见沉淀物漂浮起来才停下来。

那时候洗衣服每家都有捶衣棒，西大街小杂货店就有的卖。我家的捶衣棒是父亲亲手做的，比买来的还要漂亮顺手。一到傍晚，河边石阶上洗衣服的人特别多。捶衣服的声音此起彼伏，形成一道那个时代独有的风景，还真有点"长安一片月，万户捣衣声"的意境。

傍晚时分还会有小渔船运来莲藕、菱角、鱼虾、河蟹、螺蛳、大葱之类的，在河边就地售卖。那一排黑色的鱼鹰，威风凛凛地站在船头的竹竿上，有的正梳理着自己的羽毛，有的注视着我们踏着跳板到船舱里购买这些新鲜的美味。

（节选自《沿河拾蚌·水门桥》，题目为编者所拟）

读与思

《沿河拾蚌》中的许多文章纪实性地描绘了老淮安的市井生活、风土人情、老建筑、老物件、老邻居等，表达自然，可读性强。本篇选文写的是五十多年前在里运河边挑水洗衣的淮安人民的日常。

你的爷爷奶奶或者爸爸妈妈给你讲过老淮安的故事吗？请把它们记录、整理出来，讲给你身边的人听。

名家笔下的老淮安

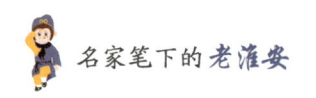

有一个地方，叫河下（节选）

◎于兆文

两千五百年前，一部春秋大戏由吴王夫差导演：邗沟打开，沟通南北，运河肇始。运河与淮安拂袖而舞，舞出一个河下古镇。从此，一个古镇对于一条河流的痴恋，整整相守了两千五百年。

两千五百年之后，运河依旧敞襟撩怀，一个城市的前世今生、繁华落寞，尽在胸腑流过。古镇也是一身素雅，拙朴自然，没有浓妆艳抹，没有光华四射，静静地踞守在古运河畔。运河之于河下，也许它们有了前世的一次相逢，才有了今生的千年等候。

两千五百年的河下，更像是一位精神矍铄的老者，毫无垂垂迟暮的死寂，依然神清气爽，身骨硬朗。二十二条街，九十一条

巷，十三家坊，犹如老者的骨骼和筋脉，阡陌交错，四通八达，支撑起古镇奇崛的脊梁。光滑起伏的青石板路，是小镇最为恒久的记忆。踏上去，脚底便踩上了古镇的神经，让你如饮一坛历久弥香的老酒。这时候，你和小镇仿佛融为一体，成了一段故事，沉淀了千年，香醉了千年。石板街两边的店铺，一色的青砖黛瓦，一色的流檐翘角，回廊挂落间，随处可见雕梁花窗。古色古香的风格里，各式卖场应有尽有。据说，当年的古镇行业相对集中，往往一条街巷只卖一类商品，就像现在的特色行业一条街。诸如花巷、茶巷、竹巷、钉铁巷、打铜巷、摇绳巷、估衣街、螺丝街、鼓子街、板厂街、琵琶刘街等等。从这眼花缭乱的街巷名称里，你就可以想象到河下当年的商业繁盛景象。更不消说，这里曾是船舶中心、淮盐集散地了。盐商云集，漕舶连樯，想当年"是处街市繁华，晚间灯火烛天，管弦盈耳"。"市不以夜息"的河下享尽了风光。

淮安，一座漂在水上的古城，九省通衢，七省咽喉，南船北马，交汇于此。水写的河下，"东襟新城，西控板闸，南带运河，北倚河北，舟车杂还，夙称要冲，沟渠外环，波流中贯"。居于淮安西北一隅的河下，地势卑下，恰扼漕运要冲，这得天独厚的地理位置，成就了河下，使之环水而眠。一路水色的河下，恰如春风中的一枝垂柳，只要你指尖轻扬，仿佛就会苍翠欲滴。晨昏之时，迷雾笼纱，氤氲空蒙；晴日映照之时，宛见波光潋滟，温润如玉。进入古镇，坊间人家枕河而居，水从桥走，巷随桥转。四十多座桥梁，为河下搭上脉搏，注入血液，让河下人得尽了溪水的滋养。小镇人的性情如水般淳朴，如水般宽厚。无论男人女人，没有人争强好胜，心胸格外开阔。家家开门迎客，遇茶喝茶，遇饭吃饭，

名家笔下的老淮安

遇酒喝酒。一碗香茶，就着茶馓、薄脆饼；一碗老酒，就着猪头肉、大头菜，没有什么额外的讲究。水岸静地，河下成了一座"慢城"。至今河下人还喜欢泡澡，躺在澡堂中一泡就是半天，慢慢享受着这份生活的悠闲和惬意。无论男人女人，河下人说话轻声慢语，做事不慌不忙，走路不紧不乱，这儒雅的慢节奏陪了河下人两千多年。

读与思

两千五百年历史的河下古镇，承载着丰富的人文资源和美食文化。吴承恩故居、沈坤状元府、梁红玉祠、闻思禅寺、慈济寺、古清真寺、漂母祠、状元楼、御码头、石板街等着你来游赏；文楼汤包、淮安茶馓、麦芽糖等古镇特色美食等着你来品尝。找一个恰当的时间，到河下来一次"慢城"探幽美食文化旅行吧！

群文探究

1. 作为"运河之都"的淮安，因为是连通长江、黄河、淮河的漕运枢纽，所以成了明清时期的"宠儿"，就连全国性的漕运总督府都坐落于此。读完本章的几篇选文，思考淮安当年繁华的原因。如何让淮安再现当年的繁华？贡献出你的金点子吧。

2. 淮安曾因漕运枢纽而兴，后因失去枢纽而衰。当今社会，物流业已相当发达。用你心目中的发达城市与淮安比较，找出它们之间的差距。

3. 水门桥是里运河上的一座桥,是老淮安城的一个门户。随着城市的发展,水门桥已相当宽阔,整日车水马龙。如果有条件,请参观现在的水门桥,诵读并记录镌刻其上反映老淮安风土文化的诗词。

4. 在父母的陪同下,或与同学一起,完成研学活动之"河下古镇探幽美食游"。

第四章　淮上人杰

生于斯，长于斯，渐习为淮人。

淮安地灵人杰。古往今来，为中华民族的发展做出重要贡献的淮安名人很多，比如韩信、周恩来。周信芳在京剧艺术领域做出了杰出贡献。读读他们的故事，感受淮上人杰的精神魅力吧。

扫码立领
★ 名师朗读
★ 美文微课
★ 城市印象
★ 老城记忆

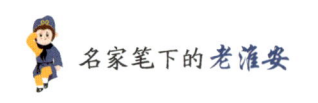

史记·淮阴侯列传（节选）

◎ [西汉] 司马迁

　　淮阴侯韩信者，淮阴人也。始为布衣时，贫无行①，不得推择为吏，又不能治生商贾，常从人寄食饮，人多厌之者，常数从其下乡南昌亭长寄食，数月，亭长妻患之，乃晨炊蓐食②。食时信往，不为具食。信亦知其意，怒，竟绝去。

　　信钓于城下，诸母漂，有一母见信饥，饭信，竟漂数十日。信喜，谓漂母曰："吾必有以重报母。"母怒曰："大丈夫不能自食，吾哀王孙③而进食，岂望报乎！"

　　淮阴屠④中少年有侮信者，曰："若虽长大，好带刀剑，中情怯耳。"众辱之曰："信能死，刺我；不能死，出我袴⑤下。"于是信孰视之，俛出袴下，蒲伏。一市人皆笑信，以为怯。

　　及项梁渡淮，信杖剑从之，居戏下，无所知名。项梁败，又属项羽，羽以为郎中。数以策干项羽，羽不用。汉王之入蜀，信亡楚归汉，未得知名，为连敖。坐法当斩，其辈十三人皆已斩，次至信，信乃仰视，适见滕公，曰："上不欲就天下乎？何为斩壮士！"滕公奇其言，壮其貌，释而不斩。与语，大说⑥之。言于上，上拜以为治粟都尉，上未之奇也。

　　信数与萧何语，何奇之。至南郑，诸将行道亡者数十人，信度何等已数言上，上不我用，即亡。何闻信亡，不及以闻，自追之。人有言上曰："丞相何亡。"上大怒，如失左右手。居一二日，何来谒上，上且怒且喜，骂何曰："若亡，何也？"何曰："臣

不敢亡也，臣追亡者。"上曰："若所追者谁？"何曰："韩信也。"
上复骂曰："诸将亡者以十数，公无所追；追信，诈也。"何曰：
"诸将易得耳。至如信者，国士无双。王必欲长王汉中，无所事信；
必欲争天下，非信无所与计事者。顾王策安所决耳。"王曰："吾
亦欲东耳，安能郁郁久居此乎？"何曰："王计必欲东，能用信，
信即留；不能用，信终亡耳。"王曰："吾为公以为将。"何曰：
"虽为将，信必不留。"王曰："以为大将。"何曰："幸甚。"
于是王欲召信拜之。何曰："王素慢⑦无礼，今拜大将如呼小儿耳，
此乃信所以去也。王必欲拜之，择良日，斋戒，设坛场⑧，具礼，
乃可耳。"王许之。诸将皆喜，人人各自以为得大将。至拜大将，
乃韩信也，一军皆惊。

名家笔下的**老淮安**

注释

①无行：品行不好。
②晨炊蓐（rù）食：早起做好早饭，端到床上吃。蓐，草席。
③王孙：公子，少年。对年轻人的敬称。
④屠：以宰杀牲畜卖肉为生的人。
⑤袴：通"胯"。
⑥说：同"悦"，喜欢，高兴。
⑦素慢：一向傲慢。
⑧坛场：拜将的场所。

读与思

韩信在楚汉战争的舞台上尽展鸿才，他率汉军出陈仓、定三秦，破代、灭赵、降燕、伐齐，直至垓下全歼楚军，无一败绩。他所指挥的陈仓之战、安邑之战、井陉之战、潍水之战和垓下之战都是中国战争史上的杰作。韩信为西汉王朝的建立做出了杰出贡献。成语"一饭千金""明修栈道，暗度陈仓""背水一战""成也萧何，败也萧何"等都与韩信直接相关。

通过阅读，深入了解韩信其人、其事，以及他的文化影响力。

大江歌罢掉头东

◎周恩来

大江歌罢掉头东,
邃密群科济世穷。
面壁十年图破壁,
难酬蹈海亦英雄。

名家笔下的老淮安

读与思

这是一首抒怀明志诗,表达了青年周恩来负笈东渡寻求真理的决心,生动地展示了作者的济世情怀和不畏艰险、追求真理的英雄气概。

这首诗真实地反映了一个以济世救民为己任的十九岁青年,在即将离别故土、远赴异国他乡求学之际,心中的所思所想。全诗虽然只有四句,却气势飞动、意境雄浑,在求索中寄托希望,在雄壮中蕴含悲壮,是一首不可多得的爱国主义诗作。

你还读过哪些爱国诗篇?快和同学们分享一下吧。

西花厅的海棠花又开了（节选）

◎邓颖超

春天到了，百花竞放，西花厅的海棠花又盛开了。看花的主人已经走了，走了12年了，离开了我们，他不再回来了。

你不是喜爱海棠花吗？当初你偶然看到这个海棠花盛开的院落，就爱上了海棠花，也就爱上了这个院落。你选定这个院落，到这个盛开着海棠花的院落来居住。你住了整整26年，我比你住得还长，到现在已经是38年了。

海棠花现在依旧开得鲜艳，开得漂亮，招人喜爱。它结的果实味美，又甜又酸。开白花的结红海棠，开红花的结黄海棠。果实累累，挂满枝头，真像花果山。秋后在海棠成熟的时候，大家就把它摘下来吃。有的把它做成果子酱，吃起来非常可口。你在的时候，海棠花开，你白天常常在繁忙的工作之中，抽几分钟散步观赏；夜间你工作劳累了，有时散步，站在甬道旁的海棠树前，总是抬着头看了又看，从它那里得到一些花的美色和花的芬芳，得以稍稍休息，然后又去继续工作。你散步的时候，有时约我一起，有时和你身边工作的同志们一起。你看花的背影，仿佛就在昨天，就在我的眼前。我们在并肩欣赏我们共同喜爱的海棠花，但不是昨天，而是在12年以前。12年已经过去了。这12年本来是短暂的；但是，偶尔我感到是漫长漫长的。

海棠花开的时候，叫人那么喜爱，但是花落的时候，它又是

名家笔下的老淮安

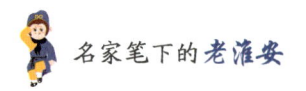

静悄悄的,花瓣落满地。有人说,落花比开花更好看。龚自珍在《己亥杂诗》里说:"落红不是无情物,化作春泥更护花。"你喜欢海棠花,我也喜欢海棠花。你在参加日内瓦会议的时候,我们家里的海棠花正在盛开。因为你不能看到那年盛开着的美好的花朵,我就特意剪了一枝,把它压在书本里头,经过鸿雁带到日内瓦给你。我想你在那样繁忙的工作中间,看一眼海棠花,可能使你有些回味和得以休息,这样也是一种享受。

你不在了,可是每到海棠花开放的时候,常常有爱花的人来看花。在花下树前,大家一边赏花,一边缅怀你,想念你,仿佛你仍在我们中间。你离开了这个院落,离开它们,离开我们,你不会再来。你到哪里去了啊?我认为你一定随着春天温暖的风,又踏着严寒冬天的雪,经过春风的吹送和踏雪的足迹,已经深入到祖国的高山、平原,也飘进了黄河、长江,经过黄河、长江的运移,进入了无边无际的海洋。你,不仅是为我们的国家,为我们国家的人民服务,而且你为全人类的进步事业,为世界的和平,一直在那里跟人民并肩战斗。

1988年4月于中南海西花厅

读与思

这篇散文由西花厅开放的海棠花引出了作者对丈夫周恩来的深切怀念。周恩来总理最喜欢的海棠花叫西府海棠。西府海棠枝条直立性强,果实似苹果。周恩来纪念馆内种植了很多西府海棠,你留意过它们吗?

麒派宗师周信芳

◎沈鸿鑫

做一般的艺术家，只要有较好的艺术天赋就可以了，但是要做一个独创流派的艺术大师，就得有天才，有特殊的禀赋。周信芳就是一个难得的天才。演员是拿自己的身体作为材料进行艺术创造的人。周信芳身材魁伟，方脸宽颡（sǎng），两眼有神，个头、扮相、嗓子都属上乘。年轻时，他嗓音高亢，可以唱到正宫调。虚岁六岁那年，他拜师学戏。第二年，他就以"小童串"名义首次登台。他在第一出戏《黄金台》里扮演娃娃生田法章，演得情状逼真、稚气可掬，非常动人。周信芳初登舞台，便一炮打响。十一岁在汉口演出《翠屏山》时，周信芳揉进武术的耍单刀，小稚子飞舞长刀满台生风，观众叹为观止。

周信芳不仅天赋好，还是一位十分勤奋的艺术家。京剧是一种程式化很强的表演艺术。演员必须具备唱、念、做、打，手、眼、身、法、步等四功五法，对每一门都要作严格的训练，熟练掌握其技能，这样才能在台上演啥像啥，游刃有余。所以，要想当京剧演员，即使是天才，也得练功。

周信芳幼年时练功就非常认真、刻苦。他每天早晨起来吊嗓子、练唱，穿着硬靠、厚底靴练功。他单是跑圆场就要跑一百圈，还有毯子功、把子功等，每次都练得大汗淋漓。他在文武两方面都有非常扎实的基本功。在演《萧何月下追韩信》时，只见他两腿疾走如飞，扔鞭、甩帽、吊毛接跪蹉，一气呵成。他虽然倒嗓，

名家笔下的老淮安

声音沙哑，但念白抑扬顿挫、铿锵有力，唱腔沉郁苍劲，韵味醇厚。

周信芳十三岁时已经小有名气，但他为了进修深造，毅然负笈北上，进了当时最负盛名的京剧科班喜连成科班"搭班学艺"。他与喜字辈的学生一起练功、吊嗓、学戏，一起上剧场演出。据当年喜连成的总教习萧长华先生回忆："当时信芳同志是文武全演，文戏中唱功戏如《让成都》《红鬃烈马》，做功戏如《滚钉板》《问樵闹府》，念功戏如《六部大审》，武戏中如《连环套》《独木关》等，演来无不受到观众的盛誉。而且，他还能演老旦。"喜连成班的训练和演出，使周信芳的基本功更加扎实。

周信芳的勤奋还表现在他勤于演出、勤于实践。演员技艺的提高，表演经验的积累，创造能力的升华，都离不开舞台的演出实践。舞台是演员终身的学校。梅兰芳曾经说过："一个好演员，必须有一千五百场的演出实践。"周信芳是一位演出特别勤奋的艺术家,他一生的大部分时间都奉献给了舞台。他七岁登台,年轻时走南闯北,六十七岁时还上舞台主演新戏《澶渊之盟》,整整演了六十个年头。周信芳是演出场次最多、演出剧目最多的艺术家。他不断地编演新戏。对一些代表性剧目,他也是反复琢磨,常演常新。他几乎每天演出,而且常常在一天中演日夜两场,有时一场演双出。有时一年要演四百多场。他一生演出的场次很难统计。单就报载的演出广告反映出来的,总共就有一万二千四百二十九场。他一生演出的剧目达六百多出,其常演剧目也在百出之上。

原来,周信芳大师是艰苦练功练出来的,是勤奋演戏演出来的!

(节选自《周信芳:大师是怎样造就的》)

读与思

周信芳,艺名麒麟童("七龄童"的谐音,因为他七岁即正式登台演出),生于淮安市清江浦区,京剧表演艺术家,京剧"麒派"艺术创始人。除了周信芳,有京剧"通天教主"之称的王瑶卿,以及有"活红娘"美誉的宋长荣,都是从淮安走出来的京剧顶级艺术大师。

京剧是我们国家的国粹、国剧。请你试着了解一些与京剧相关的知识,说一说:京剧是怎么成为国粹、国剧的?

群文探究

1. 淮安是韩信故里，至今留有很多与韩信有关的历史遗迹，如韩信钓台、胯下桥、漂母墓、韩母墓、韩侯祠等。请你做一个计划，来一次以探访韩信遗迹为目标的骑行活动。

2. 淮安有很多以当地名人命名的道路，如翔宇大道、韩侯大道、承恩大道、关天培路、梁红玉路、鞠通路、柯山路等等。完成研学活动之"走走名人路"，深刻感受淮安的名人文化，并通过网络查一查这些名人的故事，再用自己的话说一说。

3. 完成研学活动之"踏着伟人的足迹"。

4. 参观周信芳故居和淮安戏曲博物馆，听一曲周信芳的京剧唱段，了解戏曲文化。

第五章　淮安民风

萝卜当作水果卖，淮安一大怪。

　　本章四篇选文，集中展示了老淮安的民风民俗，有宋代街头的烧饼摊，有清末城门楼下的鲜桃、"剃头街"上的剃头师傅、早餐店里的伙计，也有西大街的小人书摊，还有地道的淮安"老澡堂"……它们都在等着你去品读。

扫码立领
★ 名师朗读
★ 美文微课
★ 城市印象
★ 老城记忆

名家笔下的老淮安

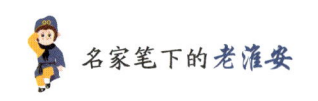

北邻卖饼儿

◎ [宋]张 耒

北邻卖饼儿，每五鼓未旦，即绕街呼卖，虽大寒烈风不废，而时略不少差也。因为作诗，且有所警，示秬、秸。

城头月落霜如雪，楼头五更声欲绝。
捧盘出户歌一声，市楼东西人未行。
北风吹衣射我饼，不忧衣单忧饼冷。
业无高卑志当坚，男儿有求安得闲。

读与思

这首诗描绘了冬日北邻卖饼儿不顾严寒，"五更"就绕街卖饼的场景。"北风吹衣射我饼，不忧衣单忧饼冷"，是全诗最打动人心的细节描写。无论什么时代，劳动人民都是辛苦的，也是伟大的。你见过身边的人有过"忧饼冷"的情况吗？

张耒，字文潜，号柯山，"苏门四学士"之一。原籍亳州谯县（今安徽亳州），后迁居山阳县（今淮安市淮安区）。其代表作有《少年游》《风流子》等。

西大街的小人书摊

◎陈亚林

儿时，西大街是我上下学的必经之路。每隔几步远，就会有一个小书摊。它们就像磁铁一样牢牢将我吸引。小书摊多为老人所摆。一块像门板一样大小的木板上，密密排放着各种小人书。一分钱可以租两本，薄的可以租三到四本，很受孩子们欢迎。顺着墙边一字排开小板凳。看书的孩子有蹲有坐，还有站着的。

那个年月，谁家也没有几个零花钱。有时实在拿不出租书的钱，就站在别的小朋友后面蹭着看。当然也会被租书的人发现，吆喝着不许。但时间久了，摊主也奈何不了，也就睁一只眼闭一只眼了。有时直看到月亮爬上来，还乐不思蜀地就着路灯看，忘记了回家，忘记了吃饭。置身于小书摊前，西大街上的车水马龙，完全可以充耳不闻，只听得见翻书的声音。孩子们完全沉浸在书的世界里，比起现在玩手机、玩平板电脑要有意思得多。

每逢院子里有人吆喝着"收牙膏皮，收破铜烂铁"之类的，我就会飞快地跑回家，把还没用完的牙膏长长地挤在家里每个人的牙刷上，换取两三分钱，这样就可以看几本小人

20世纪50年代西大街

名家笔下的老淮安

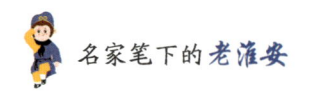

书。铁锅要坏还没有坏的时候，我也会不安好心地使劲用铲子将锅铲坏，换点钱留作看小人书。为此，没少挨父母的嗔怪。

（节选自《沿河拾蚌·童年的小人书》，题目为编者所拟）

读与思

东、西大街是淮安城的老街，位于里运河右岸，以淮海南路为界，向东至承德路为东大街，向西到人民路并再向西至淮阴中学为西大街。沿街店铺林立，附近有苏皖边区政府旧址、清晏园等风景名胜。即使在现在，东、西大街也不失为一个逛街休闲的好去处，只是现在已没了小人书的影子。你想看一看当年西大街的小人书摊吗？想办法找一些小人书来阅读，感受一下其中的乐趣吧。

进城接亲的早上

◎赛珍珠

王龙走进阴森灰暗的城门。附近挑水的人挑着大大的水桶，整天进进出出。水从桶里溅出来，洒在石头路上。在厚厚的砖土城墙下面，城门洞里总是湿漉漉的，甚至夏天也非常阴凉。卖瓜的人常常把瓜果摆在石头上，让切开的瓜果吸收潮湿的凉气。因为季节尚早，还没有卖瓜的，但有些盛着又小又硬的青桃的篮子摆在两边。卖桃子的小贩正高声喊叫："春天的第一批鲜桃！第一批鲜桃！买桃呀，吃了清火消气啦！"王龙自言自语地说："要是她喜欢青桃，回来时我就给她买一些。"他想象不出回来走过城门时有个女人跟在他后面，是一副什么样子。

王龙进了城门往右拐，不一会儿就到了"剃头街"。几乎没有什么人像他这样早进城。只有一些昨天晚上就挑了蔬菜进城的农民，他们想在早市上把菜卖掉，再赶回去做地里的活。他们颤抖地缩着身子，睡在菜筐旁边。现在，他们脚边的菜筐已经空了。王龙躲着他们，唯恐有人认出他来，他不想让人在这个日子开他的玩笑。整条街上，一长串剃头匠站在他们的剃头担子后面。王龙走到最远处的一个，往凳子上一坐，招呼正在和邻人聊天的剃头师傅。剃头师傅立刻转过身来，很快从木炭盆上拿起壶来往铜脸盆里倒热水。

"全套？"他用一种行家的语气问。

"剃头刮脸。"王龙回答。

名家笔下的老淮安

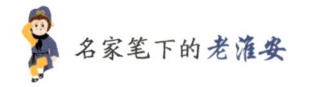

"修不修耳朵和鼻眼？"剃头师傅问。

"要加多少钱？"王龙小心地问。

"四个钱。"剃头师傅说，开始在热水里投洗一块黑乎乎的手巾。

"我给你两个吧。"王龙说。

"那就修一只耳朵和一个鼻眼，"剃头师傅立刻答道，"你想修哪一边的呢？"他一边说一边向旁边的剃头匠做了个鬼脸，那个剃头匠禁不住大笑起来。王龙看出自己受到人家的嘲笑，有某种说不出的心情，觉得自己不如这些城里人，哪怕他们只不过是剃头的，是最下等的人。于是王龙赶忙说："随你好了——随你好了——"

然后他就让剃头师傅打肥皂、揉搓、剃刮。剃头师傅还算大方，没有额外收钱，给王龙揉肩捶背，宽松宽松王龙的肌肉。他边给王龙刮前额边说："现在时兴剪辫子。"

他的剃刀紧擦着王龙头顶上的发圈刮来刮去。王龙忍不住喊道："没问我爹，我可不能把辫子剪掉！"于是剃头师傅哈哈大笑，修齐了王龙头顶上的发边。

剃完头，把钱数到剃头师傅又皱又湿的手里，王龙感到一阵害怕。这么多钱！不过，一回到街上，清风拂着王龙刮过的头皮，王龙便对自己说："就这么一次。"

然后，王龙走到市场，买了两斤猪肉，看着屠户用干荷叶把肉包好。王龙想了一想，又买了六两牛肉。这些东西买好之后——包括在架子上颤动的两块新鲜豆腐——他走到一家香烛店，买了两炷香。随后，他带着羞怯的心情向黄家大院走去。

刚到黄家门口，王龙就恐慌起来。他怎么一个人到这里来呢？

他应该请个人陪他一起来,他父亲、他的叔叔、他最近的邻居老秦,谁都行。他以前从来没有进过大户人家的门。他怎么能拿着办喜酒的东西进去说"我来接一个女人"?

王龙站在大门口看了好久。门紧闭着,两扇大门漆成黑色,边上框着铁皮,钉满铁钉。两头石狮子一边一个,守在门口。一个人也没有。他转身走开。他没法进去。

王龙突然觉得有些发晕。他要先去买点吃的。他还没吃一点东西——忘了。他走进街上的一个小馆,在桌上放了两个铜钱,坐了下来。一个肮脏的、系着油腻发亮黑围裙的伙计走到他身边,他叫道:"两碗面条!"面端上以后,王龙用竹筷子把面条夹进嘴里,大口大口地吞了下去。那个伙计站在一边,用拇指和食指转动着铜板。

"还要吗?"伙计无所谓地问道。

王龙摇摇头。他坐直身子,四处望望。在这个又小又暗摆满桌子的拥挤屋子里,没有一个他认识的人。只有几个人坐着吃饭喝茶。这是个穷人吃饭的地方。跟那些人一比,他显得干净整洁,像个有钱人。一个乞丐走过来向他哀讨:"发发善心吧,先生,给一点小钱——我饿得慌啊!"

王龙以前从来没有碰到乞丐向他乞讨,也没有人叫他"先生"。他觉得高兴,向乞丐的碗里扔进两个小钱,也就是一个铜钱的五分之一。那个乞丐迅速缩回他的"黑爪子",抓住小钱,摸索着放进他褴褛的衣服里。

王龙坐在那里,太阳已经升起来。伙计不耐烦地闲走着。"要是你不再买什么,"他终于不客气了,"就付板凳的钱。"

王龙为他这般无礼感到愤慨,本想发作,只是想到要去黄家

名家笔下的老淮安

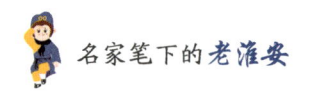

大院，想到去那里接一个女人时，他的整个身子都冒出汗来，就像在地里干活似的。

"给我拿碗茶来。"王龙有气无力地对伙计说。王龙还没来得及转身，茶就来了。伙计尖声说："钱呢？"

王龙吃了一惊，但是毫无办法，只好从腰间再掏出一个铜钱。"这等于抢劫。"他咕咕哝哝地说，心里极不乐意。这时，他看到他邀了吃喜酒的一个邻居走进店来，便忙把铜钱放在桌上，一口气把茶喝完，匆匆忙忙从侧门溜了出去，又回到街上。

"总得去啊！"他无可奈何地自言自语，慢慢地向黄家大门走去。

（节选自《大地》，王逢振、马传禧译，题目为编者所拟）

读与思

赛珍珠（1892—1973），一位著名的"中国通"。她幼年时随父母来到中国，生活在淮安清江浦、镇江等地。她由中国乳母带大，是听着中国童谣、中国故事长大的美国孩子，通晓中国文化。她1931年发表的以中国农村为背景、表现农民疾苦的长篇小说《大地》，获1932年美国普利策文学奖，获1938年诺贝尔文学奖。本文节选自《大地》第一章，描述的是新郎王龙进城接亲前理发、吃早餐，及其进入黄家前的紧张心理活动。文中再现了辛亥革命前后老淮安城的市井生活。你觉得哪些场景最有趣？

走，到淮安老澡堂烠哈咂

◎朱天羽

在淮安，朋友之间除了约吃饭、约打牌，洗澡也是常约的项目。常见的场景是：散了酒席，一桌人在饭店门口勾肩搭背，称兄道弟，喷着酒气高声道别："陆格，慢西嘎（您慢点）！"剩下几位尤其重情重义的，在门口难分难解。这时常会有人提议："走，烠哈咂！"于是，三五晃着醉意的脚步便会向着澡堂子跄跄而去。

"烠"是淮安方言，其音读 tēng，其义是指把凉了的熟食蒸热或烤热，引申到人则指泡澡，如同方便面一般在热水的作用下变得绵软柔滑，热气腾腾。这十分传神地道出了老澡堂子的神韵。

走进浴室，掀开厚重的门帘，服务员便会殷勤地问候："陆格来啦！"见是老客，一边说着"泡杯茶"，一边已将开水倒进放了茶叶的白瓷盖杯，继而捧到睡椅旁的茶几上。而老澡客也讲究人地熟悉，时间长了，有了习惯，很少有改变的。甚至有的拆迁搬远了，不惜倒腾几路公交过来。先和服务员拉呱两句，看到熟人递上一根烟，再不慌不忙地脱了衣服，回头打声招呼"嗯哈切啦"（我下水去了），趿着拖鞋慢慢走了。

老澡堂子过去都有一大一小两个池子。大池子水温适中，大人小孩都能在里面泡一泡，就是人多得跟下饺子似的。小池子水温高，却是老澡客的心仪之地。先是用脚试试水温，然后把脚一点一点地往水里放，牙缝里嗞嗞地往里吸着气。再过一会儿，整条腿伸下去，站在池中用毛巾不停地往身上撩热水。最后，咬紧牙关，猛地一下子蹲下去。如果这时候给澡客冒出水面的头部一个特写，你就会发现他的面部表情极其丰富：时而眉关紧锁，似痛苦不堪；时而咬牙切齿，如见仇敌；时而睁大双眼，若五雷轰顶……一时间阴晴圆缺，气象万千。过了好一会儿，只听豁啦啦一声水响，澡客站起了身，连喘几口粗气，用双手把住池子的边沿，慢慢地往上抽着身体。此刻，顺势往池边口的石阶上一躺，让腾腾的蒸气袅袅地熏着，让滚滚的汗珠欢畅地淌着，浑身软绵绵的、轻飘飘的，犹如腾云驾雾一般，"煹"之美妙就在于此吧。

澡堂子里常有各类业务，比如擦背、修脚、捶背、拔火罐等，而擦背还有擦大背、小背之分。小背就是纯擦背，大背则是连擦带捶。躺在搓澡床上，这具已软成泥的皮囊任由擦背师傅双手翻飞，一擦快似一擦，一搓紧似一搓。清洗了身体，擦背师傅会在澡客后背搭上一块湿毛巾，开始敲背。一时间，"啪嗒啪嗒"的拍打皮肉声此起彼伏。待浑身的骨骼肌肉都被敲酥了，再兜头倒一桶热水，心中快活极了。

最后，澡客们疲惫又舒坦地趿着拖鞋，踱出浴池，擦了汗水，躺在睡椅上。喝茶的喝茶，聊天的聊天，看手机的看手机，打呼噜的打呼噜。聊天的话题五花八门，上至世界风云、军政要闻，下至小道消息、花边新闻、家长里短，无所不谈。

在淮安，澡后不可不尝青萝卜。那种长得圆圆正正，一青到底，俗称"土上蹲"的是个中上品。有人喊："丫个萝

卜呢！"服务员应答："哦，来了！"很快，一碟"丫"成四瓣的水灵灵的青萝卜就端上了茶几。咬一口，脆嫩多汁，还有丝淡淡的甜味。我以前专门为它写过一阕词：

　　萝卜当作水果卖，淮安一大怪。密壤深根蒂，风霜饱经，青色颇无赖。　天寒地冻一把澡，百事抛云外。都道好滋味，生津止渴，胜几多玉脍。

淮安人喜欢"燂哈唲"，老澡客更是一年四季乐此不疲。但是有两个不洗——饿肚不洗，开汤（刚开门）不洗。饿肚伤人。所谓饱洗澡，饿剃头。开汤水清，行家说是伤元气。

读与思

老淮安人钟情于老澡堂里的水汽氤氲。对老淮安人来说，在老澡堂里泡澡是一种享受，也是生活不可或缺的一部分，在澡堂里泡个大半天能让人仿佛回到了老淮安的悠然时光。现代人因为生活条件的改善，多居家淋浴，已很少到澡堂洗澡。到淮安老澡堂，体会一下"燂哈唲"的澡堂文化吧！

群文探究

1. 不管是张耒生活的宋代，还是我们生活的当代，勤劳朴实都是劳动人民的本色——"五更"起，衣单不忧"忧饼冷"，"业无高卑志当坚，男儿有求安得闲"；清末老淮安的农民们为了"在早市上把菜卖掉"，他们有的"昨天晚上就挑了蔬菜进城"，因为他们还得"赶回去做地里的活"。请你找一找这一组选文中还有哪些表现劳动人民勤劳朴实的语句，标记出来。

2. 小人书，也叫连环画。二十世纪八九十年代，市场上的童书比较匮乏。那时很多人都买不起小人书，能租得起小人书看就已经是一种幸福。请你想办法找一些以前的小人书来阅读，感受其中的乐趣。

3. "到淮安老澡堂熥哈唖"，是一句地地道道的淮安话。能够读懂朱天羽先生这篇文章的，大概算是个"淮安人"了。淮安人不仅勤劳、聪明，还会享受生活。"熥哈唖"算一个，风靡全国的扑克牌游戏"掼蛋"也可算一个。淮安掼蛋是被国家体育主管部门大力推广的益智类体育项目，容易上手，但要打得好也并不容易。如果有机会，到淮安老澡堂体会"熥哈唖"的快乐吧，也可以和小伙伴打一打"掼蛋"。

第六章　淮味千年

淮白须将淮水煮，江南水煮正相违。

淮扬菜是中国传统四大菜系之一，发源于淮安、扬州。淮扬菜系大多以江湖河鲜为主料，以顶尖烹艺为支撑，以本味本色为上乘，以妙契众口为追求，素有"东南第一佳味，天下之至美"之美誉。

扫码立领
★ 名师朗读
★ 美文微课
★ 城市印象
★ 老城记忆

名家笔下的**老淮安**

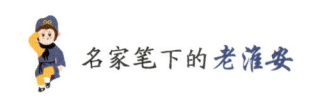

西汉时期的一份淮扬美食菜单

◎ [西汉] 枚 乘

犓（chú）牛①之腴②，菜以笋③蒲④。肥狗之和⑤，冒⑥以山肤⑦。楚苗之食⑧，安胡之饭⑨。抟（tuán）⑩之不解⑪，一啜⑫而散。于是使伊尹⑬煎熬，易牙⑭调和。熊蹯（fán）⑮之臑（ér）⑯，芍药之酱。薄耆（qí）之炙，鲜鲤之鲙（kuài）⑰。秋黄之苏⑱，白露之茹。兰英之酒，酌以涤口。山梁之餐，豢（huàn）豹⑲之胎。小饭大歠（chuò）⑳，如汤沃㉑雪。此亦天下之至美也。

（节选自《七发》，题目为编者所拟）

注释

①犓牛：小牛。 ②腴：腹下。 ③笋：竹笋。 ④蒲：蒲菜。 ⑤和：和羹，用不同调味品调制的羹汤。 ⑥冒：盖上。 ⑦山肤：石耳。 ⑧楚苗之食：南方的大米饭。 ⑨安胡之饭：菰米饭。 ⑩抟：用手团成块。 ⑪解：散开。 ⑫啜：吃，尝。 ⑬伊尹：商汤的大臣，相传伊尹以烹任见长。 ⑭易牙：春秋时人，以善调味得到齐桓公的宠爱。 ⑮熊蹯：熊掌。 ⑯臑：烂熟。 ⑰鲙：鱼片。 ⑱苏：紫苏。 ⑲豢豹：被人畜养着的豹。 ⑳歠：饮。 ㉑沃：浇。

读与思

《七发》是西汉淮安辞赋大家枚乘的著名作品，全文以"吴客"与"楚太子"的对话展开。楚太子因长期生活安逸、养尊处优而精神萎靡，卧床不起。吴客探视后以为，楚太子的病是"富贵病"，"可无药石针刺灸疗而已"。于是，他尝试着从音乐、美食、骏马、山川自然、游猎、天下怪异奇观、术士妙言等方面探寻楚太子的兴趣所在，以激发楚太子的内生动力。最终，他成功戳中楚太子的兴趣点，使其"忽然汗出，霍然病已"。

本文所选的这一节，是"二发"之美食"诱惑"。作者开出的这一份美食菜单，被认为是一份最古老的、精美的淮扬美食菜单，有煮牛腩、笋蒲、烤里脊、生鱼片、兰花酒，等等。即使在两千多年后的今天，我们读着这份美食菜单，依旧会不由自主地涎水如溪。但是，面对这份诱人的食单，楚太子当时只说了一句："我病了，吃不了。"

《七发》的伟大之处在于，两千多年后的今天，它仍然具有非常积极的意义：即使拥有富裕的生活，仍然需要保持积极的生活态度和精神追求，否则，就会像楚太子一样，精神萎靡，不能享受生活之乐。

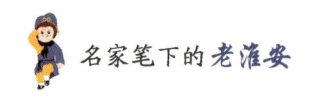

淮白鱼诗四首

初食淮白
[宋]杨万里

淮白须将淮水煮,江南水煮正相违。
霜吹柳叶落都尽,鱼吃雪花方解肥。
醉卧糟丘名不恶,下来盐豉味全非。
饕人且莫供羊酪,更买银刀二尺围。

发洪泽中途遇大风复还
[宋]苏 轼

风浪忽如此,吾行欲安归。
挂帆却西迈,此计未为非。
洪泽三十里,安流去如飞。
居民见我还,劳问亦依依。
携酒就船卖,此意厚莫违。
醒来夜已半,岸木声向微。
明日淮阴市,白鱼能许肥。
我行无南北,适意乃所祈。
何劳舞澎湃,终夜摇窗扉。
妻孥莫忧色,更典箧中衣。

和张秘校得糟鲌（bó）

[宋] 梅尧臣

食鱼何必食河鲂，自有诗人比兴长。
淮浦霜鳞更腴美，谁怜按酒敌庖羊。

刘公实以淮白为饷喜而作诗

[宋] 蔡戡

食指朝来应吉占，淮鱼远寄喜开奁。
肥鲜正自资糟粕，甘美何劳佐酪盐。
未信鹿头堪并进，定知熊掌不能兼。
慈闱一笑尝珍味，留与儿童例属餍。

读与思

淮白鱼，主要指淮安一带所产的白鱼，生活在水的中上层，以浮游动物和小型鱼类为食，嘴巴上翘，身体细长，银白色。经典做法有清蒸淮白鱼、糟淮白鱼、熏淮白鱼、红烧淮白鱼、风淮白鱼、淮白鱼丸、淮白鱼汤等，均清鲜隽永。

自己试着在家里做淮白鱼或到饭店吃淮白鱼，体会淮白鱼的鲜美吧。

名家笔下的老淮安

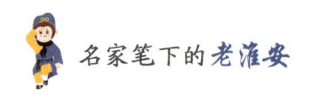

龙虾节赋

◎赵 恺

海里有海虾,湖里有湖虾。
中国盱眙城,满城跳龙虾。
龙本天上有,如何变成虾。
只为淮河美,龙已不恋家。
只为都梁秀,放眼尽烟霞。
只为一山奇,丘壑献奇葩。
友虾聚盱眙,盱眙出神话。
近观龙虾美,颗颗如钻石。
远看龙虾美,蔚然似彩霞。
虾须像天线,虾壳像盔甲。
静如侦察兵,潜伏水草下。

动如防暴队,怒张大铁夹。

柳枝可钓虾,竹篓可诱虾。

挥手撒一网,龙虾满船爬。

龙虾哪里去?争往一山下。

一路锣鼓响,一路鞭炮炸。

龙年龙虾节,奇闻传天下。

要会吉尼斯,盖过欧罗巴。

千年逢盛世,万载传佳话。

读与思

盛夏是小龙虾大量上市的时候,个大肉肥的小龙虾强烈地刺激着我们的味蕾。红红的一盆烹制好的小龙虾,色泽诱人、香味扑鼻,让人垂涎三尺。几只小龙虾入口,麻辣、鲜美、香甜、嫩酥,余味不绝,令人欲罢不能。

盱眙,是我国产销龙虾最有名的地方。盱眙龙虾不仅黄满肉肥,在制作工艺上也有自己的独特之处。炎炎夏季,街里店内,"满城尽吃龙虾宴"。

你有兴趣来盱眙品尝一下当地正宗的龙虾宴吗?

淮安软胪

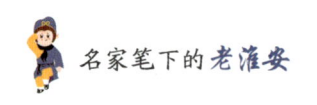

◎何永年

1949年9月，中华人民共和国建国前夕，淮安名厨张文选、孙宝仁奉调赴京。他俩和北京名厨们于10月1日晚在"北京饭店"共同烹制了淮扬菜风味的"开国第一宴"。第一道上的菜，便是享有"开国第一菜"美誉的"软兜长鱼"。

2004年，时任全国人大常委会副委员长的许嘉璐回到故乡淮安，出席第二届海峡两岸中华传统文化与现代化研讨会。身为语言学家，当他看到菜单上的"软兜长鱼"时，注目深思。随后，便提笔将菜单上软兜的"兜"改为"胪"，又划去"长鱼"二字，还在菜单上写上了"胪"字的出处："胪，古语古字也，首见于汉代《说文解字》，犹存于淮语中，可贵也。然今人多不知，以'兜'字代之，误会也，今为改正之。"并说明，"软胪"的"胪"就是指长鱼脖颈后面的那块肉。

从此，淮扬名菜"软兜长鱼"改正名为"淮安软胪"。但因淮安人数百年的传统习惯，不少人仍称之为"软兜长鱼"。

细看"淮安软胪"这道菜，几根笔杆粗细、油光水亮、香气扑鼻、放置有序的软胪，就像微缩盆景，让人不忍下箸。当举箸挑起软胪放入口中，顿觉软嫩异常，清鲜爽口，蒜香浓郁；细嚼慢咽，留有余香，沁人心脾。长鱼脊背乌光烁亮，质地醇绵，与所配蒜片，黑白分明，回味无尽。

软胪的烹制程序并不复杂，但要想将此菜做到完美，突出菜

肴的风味特点，难度却很大。从选料、氽制、取肉、烫鱼，到烹调成菜时的调味、勾芡，每一道工序都有独特而又严格的要求。无论在哪一个环节上，若烹调不得法，都会严重影响成菜的效果，失去其风味特色。

读与思

淮安是人文荟萃的历史文化名城，人杰地灵、风光秀美、物产丰富。千百年来，这里孕育了灿烂的文化，是世界美食之都。淮安软脰，也称"软兜长鱼"，是淮扬菜中第一名菜。它由长鱼的脊背肉制作而成，色泽乌亮，软嫩爽口，香气浓郁。快来淮安品尝一下鲜美的软脰吧。

名家笔下的**老淮安**

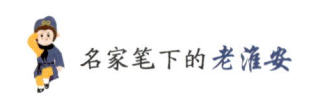

青菜豆腐

◎苏 宁

淮安出美食。淮安百姓不但个个是美食家，而且家家有厨艺精湛者。

在淮安，一个女人，她可以不会织毛衣，可以不读很多的书，但绝不可以不会烧菜。透活的青虾、龙虾，各色的鱼，四季准时到场的时蔬，这般物华天宝，岂能辜负胃肠风月？

淮安有句俗话：青菜豆腐保平安。我从不曾考证是先有这句话还是先有这道菜。总之，我到淮十年，发现无论城里城外，他们普遍爱吃的菜有一道就是青菜烧豆腐。

青菜四季都有。冬天的大白菜，在北方，它就叫大白菜；在苏北，它被叫作黄芽菜。春天，一种绿得发黑的青菜被叫作小黑菜，那种小棵的淡绿的青菜叫小青菜，都好吃。豆腐大小菜场都有，还有沿街叫卖的，雪白雪白的豆腐叫人看了就喜欢。一个菜场里，如果没有了芸豆，没有了西红柿，没有了蔬菜当中的任何一种，都不会引起人们的注意，但如果没有了豆腐，是不成的。

在我家楼下的菜场里，我曾碰到一位新搬来的老太太。她提着菜篮在菜场转了又转，说："这是什么菜场？连个卖豆腐的都没有。"不是没有，是早卖完了。她还不熟悉这个菜场的情况。那个卖豆腐的人喜欢赶早，热的新鲜、好卖。豆腐分卤水点的和石膏点的两种，卤水点的老到妥帖，石膏点的嫩而腻滑，一概是八毛钱一斤，一斤切一大块。如果是中午，你有空到淮安的一些人家去看看，十家有八家的饭桌上有这道菜。

　　曾经去乡下，走累了，随便找一农家，拟用一餐临时的饭。不知客来，主人当然没有预备牛肉、猪肉。我们早看到院子里现成的才割下来的青菜，屋檐下一排不知几时腌好风干的咸鱼。女主人刚好用大米换了两块豆腐。我们看年轻的女主人做菜：青菜洗好，切成小段，豆腐用开水烫过，青菜下锅，葱花下锅，随便炒两下，然后从灶旁边的水桶里舀一瓢清水倒入。这清水比不了骨头汤，也比不了老母鸡汤，却自有清淡之味。女主人下豆腐的姿势更是信手拈来，有芙蓉出水的天然之美：只见她一边用地道的方言同你说着田里小麦的情况，一边左手托豆腐，右手持厨刀，横切切，竖切切，就在掌心里切好了豆腐，哗啦往锅里一扔。青菜豆腐，蒸咸鱼，用这两道菜下酒。酒是极普通的酒，喝下去竟别有滋味。满满两碗米饭，不知不觉就下到胃里去了。

名家笔下的老淮安

淮安城里，星级宾馆酒店不下几十家，家家的厨师都会做青菜豆腐，口味却绝不雷同。吃这一家，这一家用的老汤特别；再吃那一家，那一家佐料下得妙。客人用餐，吃了龙虾，吃了软兜鳝鱼，吃了涟水的鸡糕，吃了各色的火锅，未免油腻，所以最后垫底的一道菜首选青菜豆腐，清肠理胃，爽心爽口。但客人之中并没有谁急着说这道菜。于是，往往在要用主食的时候，服务生来问："再来点什么呢？"主人微笑着看客人，客人也微笑，他们彼此已心领神会。往往是三五个声音一起说："来份青菜豆腐，青菜豆腐保平安啊！"

也许，有一个孩子，他就是听着这句话长高、吃着这道菜长大的。他长大了，必定是一个清清白白的人。

（节选自《平民之城》，题目为编者所拟）

读与思

青菜和豆腐搭配，营养丰富，价廉物美。"青菜豆腐保平安"，也隐有节俭生活、清白做人的意思。小葱拌豆腐，一清二白；青菜豆腐汤，也是一清二白。试一试在家里学做这道青菜豆腐吧。

莲蓬传秋意

◎荣根妹

秋日夜晚,穿过一街烟火,见巷口一老妪伴着一车莲蓬。老妪神情泰然,莲蓬青绿盎然。那些嬉戏于莲蓬之间的儿时往事,顿时随凉风扑面而来。

长长一根绳,一端打成死结系块砖头,左手缠绕住另一端,右手高举砖头,对准河中一个点,掷铅球般抛出去,再如渔人收网般拉回长绳,一道绿色的涟漪便靠了岸。砖头吸铁石般吸附了朵朵莲蓬,一个个圆饱饱、喜洋洋的。儿时这幅"采莲图",与"莲叶何田田""花之君子者也"等诗句中莲的形象相比,无疑俗陋,但那份天真快乐,却是真真切切、无法忘却的。

名家笔下的老淮安

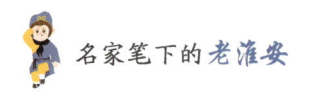

午后,小伙伴们不约而同地来到河边,一字排开,比赛捞莲蓬,看谁扔得远、网得多。齐声数"三二一",十几块砖头便齐刷刷地投向河中心,像儿时作文形容的"万箭齐发",激扬起的浪花在阳光中闪烁。迅速往回拉时总有几根绳牵扯在一起,岸边你一言我一语的嬉笑也交缠在一起……

秋日高爽,凉风习习。择一清流处,或坐或卧,仰看白云悠悠,俯剥莲蓬,粒粒甘甜,这般溪头卧剥莲蓬,可是一种难得的休闲。儿时野生莲蓬天生清瘦,随风摆动间,摇曳无限秋意。捧莲蓬一瓣轻抚,荷叶海绵般的绵软潮湿,仿佛有不绝如缕的水雾,消散于夜的清风明月中,令人念及"香远益清"的荷花、"无穷碧"的莲叶。一眼眼蜂窝状果实,像印在纸上的文字,一板一眼,直抒胸臆。

有诗云："卧看雪儿纤手、剥莲蓬。"十指纤纤，白皙细嫩，衬着莲子幽幽的绿，有种冲淡平和的色调，像阴雨天中，一杯清茶在手，轻抚慢品，任寂寞秋水般一点点荡漾开去。剥开一颗，褪去柔绿的外衣，露出清白的核，难挡绕鼻的清气，入口处清爽脆嫩，丝丝苦涩后是绵绵的香，似一段难忘的往事。

莲蓬为睡莲科植物莲的成熟花托。初夏时荷花盛放，莲蓬只是花心，娇小嫩黄，藏于花瓣之中。盛夏后，荷花花瓣渐渐脱落，变成只只碧绿的莲蓬。像这天仙般的尤物，儿时竟被我们那般粗鲁对待，实在有愧。

莲蓬的莲房可以用来煮茶，预防糖尿病。莲子中的钙、钾含量丰富，可做药引。食性、人性是通的。食物中的苦味似人生中的苦，有用途、有深意，诗意般韵味深长。

美是千变万化、各具形态的，生活是平淡美好的，甘甜苦涩都有品咂之处。就像人们曾说，只有被记住的岁月才是真正活过的日子。真希望悠长的记忆是根绳，一端系住现在的我，一端系住那些孩童时期的快乐往事。秋风起时，莲蓬绿了，用心感知浓浓的秋意。

读与思

这篇散文语言优美，表达了作者对莲蓬的赞美和对儿时往事的一片深情。夏秋季节，"一老妪伴着一车莲蓬"的景象时常在淮安街头出现，你注意到了吗？春天一把马兰头，秋日一个莲蓬。这是一种仪式——季节的仪式。

群文探究

1.淮安是一座漂浮在水上的城市。广阔的水域面积,带来了丰富的水产。这一章读到的淮白鱼、龙虾、鳝鱼、莲蓬,都是水产。你还知道淮安有哪些有名的水产品?

2.淮安有这么多美味,光在书上看可不过瘾,还是真吃到嘴里才有意思!吃过的,你还想再吃吗?没吃过的,你想去吃吗?至于青菜豆腐,自己做,大口吃,更有一番滋味。

第七章　艺术淮上

白马湖水打花花，一趟鲤鱼一趟虾。

　　淮安的戏剧艺术是非常发达的。不仅京剧人才辈出，如周信芳、宋长荣、王瑶卿，还有具有北方戏剧特点的淮海剧团，以及具有南方戏剧特点的淮剧团。南闸民歌、金湖秧歌都是具有淮安地方特色的民间艺术。

扫码立领
★ 名师朗读
★ 美文微课
★ 城市印象
★ 老城记忆

名家笔下的老淮安

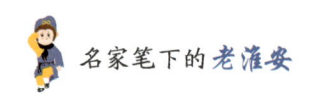

北上（节选）

◎徐则臣

出了大学，我拦了辆出租车。司机问去哪儿，我说清江拖拉机厂和淮海剧团，哪个近去哪个。司机就把我拉到了一品梅路4号。刚进淮海剧团大门，工作人员一只胳膊挡在我面前。

"我找谢仰止。"

"谢仰止？谁啊？"应该是门卫，用的是跟我祖父祖母一样的方言。

"退休演员。"

"退休了，我哪知道？"

"唱过《樊梨花点兵》和《皮秀英四告》。"

"这两出戏我也会唱。"

"你们的退休职工，联系方式总该有吧？"

从大厅里走出来个领导模样的中年男人，跟我说办公室的人出去开会了，换个时间再来，退休人员的联系方式在办公室那里。听说我找谢仰止，中年男人说："找老谢啊，要去古虹桥边的周信芳故居找。这老家伙改唱麒派了。都天庙街隔壁。"

打车去周信芳故居。想起我祖父祖母两人在北京，吃过饭就往机器前一坐，雷打不动地听周信芳。周先生中气十足略带沙哑的嗓音，听得老两口摇头晃脑、摩拳擦掌。开始是唱片机，后来是转磁带的录音机，然后是影碟机，恨不能一天二十四小时单曲循环。《徐策跑城》《萧何月下追韩信》《鸿门宴》，听多了我都会唱了。小学五年级，我跟同学打赌：夏天晚上钻进北大，从未名湖博雅塔那头往翻尾鱼石处游，看谁先抓到鱼尾，输了在联欢会上表演节目。我输了，就唱了《萧何月下追韩信》经典的那段，从"我主爷起义在芒砀"到"撩袍端带我把金殿上"。我唱的时候心里还打鼓，担心顺不下来，过去只是听，从没试过。我竟然没怎么走板就唱下来了。为达到周先生的效果，我粗着嗓子吼，唱完了再说话，嗓音更像周先生了。

周信芳故居在河边上。转过一座小桥，便见一座古朴典雅的小院，院门上方的匾额上题写着"周信芳故居陈列馆"。一八九五年一月十四日，周信芳出生于此。他六岁离开这里，随唱青衣的父亲周慰堂去杭州，师从陈长兴练功学戏。故居里藏品不多，以图片资料为主，陈设也简单；院子前后植了丰肥的芭蕉和藤萝，显得蓬勃兴旺。现在主要是京剧票友雅集和日常吊嗓子的好所在。都傍晚了，闻得到街巷里晚饭的香味。小院里还在咿咿呀呀地唱，京胡、板胡交替响。有唱《贵妃醉酒》的，有唱《借东风》的，有唱《四郎探母》的。有唱的就有听的，时不时一团叫好。

我问了一个看热闹的大爷，说谢仰止刚走，晚饭后还会再来。他们像上班一样每天来，只是"上班"时间各有讲究。大爷说，我堂伯每天半下午来，听一阵唱一阵，回家吃晚饭，饭后遛一圈，拐个弯又来了，一直到故居小院关门。我堂伯是个人才，唱了一辈子淮海戏，退了休改唱京剧了，还专攻麒派。要不说那剧团领导提起他，五味杂陈地说"老谢"呢。我堂伯这是在淮海剧团里"潜伏"了几十年啊！我找了个马扎坐下等。

一等不来，二等还不来。我又问那大爷，大爷说这就该来了。

名家笔下的**老淮安**

再问，大爷说应该很快就到了。弄得我也不敢走，怕前脚走，我堂伯后脚就来了。实在饿得心抖肝颤，那会儿天黑过好几个钟头了，我打算第四次问那大爷，大爷早回家了。票友只剩下四个：一个唱的，一个拉二胡的，外加俩看客。我连看客都算不上，就是个找人的。谢仰止这会儿没准已经睡着了。我出了小院，哪里灯光亮堂就往哪里走。见到头一家小饭馆就进去：一碗长鱼面，两瓶啤酒，半斤猪头肉。

吃舒坦了，跟麒派京戏听舒坦了，是同样的舒坦。我抱着肚子出了小饭馆的门，找块石头坐在路边，抽了两根烟。

读与思

长篇小说《北上》，以历史与当下两条线索，讲述了发生在京杭大运河上几个家族之间的百年"秘史"。"北"是地理之北，亦是文脉、精神之北。《北上》力图跨越运河的历史时空，探究大运河对于中国各方面的重要影响，书写出一百年来大运河的精神图谱。2019年，《北上》获得第十届茅盾文学奖。同年，获第十五届精神文明建设"五个一工程"奖。此书约三分之一的场景在淮安，展现了丰富的淮安文化生活。

熟悉淮安的读者，在阅读这部小说时，一定会有很强的代入感。阅读这篇文章时，你代入了哪些场景？

南闸民歌二首

荷花爱藕藕爱莲（节选）

荷花爱藕藕爱莲，夏令时节最新鲜。
清香醉人飘十里，梦里水乡常思念。

荷花爱藕藕爱莲，为官清廉百姓念。
绿水长流花落去，一片清香绕云间。

荷花爱藕藕爱莲，水乡一道风景线。
青蛙跳在莲叶上，蛙鼓声声说丰年。

名家笔下的老淮安

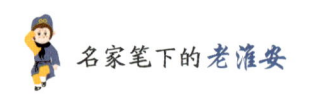

白马湖水打花花

白马湖水打花花,一趟鲤鱼一趟虾。
先看鲤鱼来戏水,又见水中虾斗虾。

白马湖水打花花,一趟鲤鱼一趟虾。
鲤鱼戏水跳龙门,莫忘青虾小冤家。

读与思

南闸位于淮安市白马湖畔,现属淮安市淮安区漕运镇,为省级特色文化之乡,第五批国家级非物质文化遗产代表性项目名录之"南闸民歌"的核心区。你所住的乡镇有民歌吗?带上记录本,找你身边的长辈讨教讨教,为家乡民歌的传承做一份贡献。

金湖秧歌三首

十二月农事歌

正月立春雨水勤，农活安排要抓紧。
二月惊蛰接春分，家家户户忙春耕。
三月清明谷雨连，育好小秧是关键。
四月立夏小满到，田间管理最重要。
五月芒种夏至天，夏收夏插紧相连。
六月小暑大暑到，耘耥推耙除杂草。
七月立秋处暑来，防旱防涝防虫灾。
八月白露到秋分，秋收工作要认真。
九月寒露霜降临，抢种三麦不能停。
十月立冬小雪天，交售余粮做贡献。
冬月大雪到冬至，集中劳力搞水利。
腊月小寒大寒连，植树造林建家园。

天怕乌云地怕荒

天怕乌云地怕荒，人怕衰老树怕伤，瞎子害怕盘盘路，瘸子害怕凹坑塘。　鸡怕黄鼠狼鼠怕猫，野兔怕狗狗怕枪，竹子害怕刀来砍，青草害怕夜头霜。

名家笔下的**老淮安**

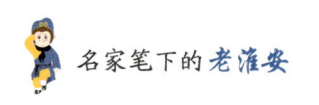

后退其实是向前

东方发白下秧田,面朝黄土背朝天,脚踏污泥手抓水,黄秧插破水底天。小娇莲,后退其实是向前。

读与思

金湖是一个美丽的水乡。金湖秧歌是农民在秧田里创作的歌。它起源于明代,传唱到现代,成为"真诗只在民间"的经典。在人工插秧时代,金湖人家会专门雇请锣鼓师傅为秧工唱歌助兴,增加情趣,提高插秧效率。2006年,金湖秧歌入选江苏省非物质文化遗产保护项目。随着时代的发展与进步,稻田里不再需要人工插秧,秧歌似乎失去了它的存在环境和存在价值。想一想:该怎么保护这些特殊的非物质文化遗产呢?

童谣二首

大麦秸

大麦秸,小麦秸,火萤虫儿上大街。不打你,不骂你,玩玩就放你。

鸭蛋壳里伸懒腰

新打茶壶亮堂堂,新买小猪不吃糠。娶个媳妇不吃婆家饭,眼泪汪汪走娘家,走一程哭一里,遇见哥嫂插黄秧。

哥哥问道:"什么事?""人家嫁个高汉子,我却嫁个矮地牢:站起来没得条柱高,睡下去没得枕头长,搭板底下穿裤子,鸭蛋壳里伸懒腰。"

> **读与思**
>
> 在淮安及其周边方言中,《大麦秸》中的"秸""街"均会被读作 gāi,而不是 jiē。《鸭蛋壳里伸懒腰》中的"条柱"一词,属典型的方言词汇,指小扫帚,应该是由"苕帚"一词方言化演变而来。请试着用淮安方言读一读童谣《大麦秸》。

群文探究

1. 在学习强国 APP 上看一部戏曲，如淮海戏电影《皮秀英四告》、京剧《六月雪》等。感受戏曲的一招一式及其优美的音乐、唱腔。

2. 选读一部戏剧剧本。感受剧本的文体形式及其唱词的精美。

3. 和你的长辈聊聊天，搜集一些当地的民歌、民谣、童谣，并记录整理，在同学之间交流、诵读。

第八章　不朽名著《西游记》

历尽艰辛成正果，了然善恶送真经。

吴承恩故居位于千年古镇河下打铜巷，故居里有一个简朴的书房——射阳簃。据说，中国第一部浪漫主义长篇神魔小说《西游记》就诞生于这里……《西游记》以"玄奘取经"这一历史事件为蓝本，经过吴承恩的艺术加工，描绘了唐僧玄奘师徒四人历经九九八十一难，克服艰难险阻，前往天竺取得佛经的故事。

扫码立领
★ 名师朗读
★ 美文微课
★ 城市印象
★ 老城记忆

名家笔下的**老淮安**

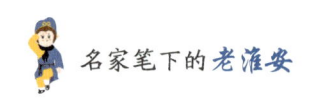

妖精设局

◎ [明] 吴承恩

好个妖精,停下阴风,在那山坳里摇身一变,变作个花容月貌的女儿,说不尽那眉清目秀,唇红齿白,左手提着一个青砂罐,右手提着一个绿瓷瓶,从西向东,径奔唐僧。

三藏见了,叫:"八戒,沙僧,悟空才说这里旷野无人,你看那里不走出一个人来了?"八戒道:"师父,你与沙僧坐着,等老猪去看看来。"那呆子放下钉钯,整整直裰(duō),摆摆摇摇,充作个斯文气象,觌(dí)面相迎,叫道:"女菩萨,往哪里去?手里提的是什么东西?"分明是个妖怪,他却不能认得。

那女子连声答道:"长老,我这青罐里是香米饭,绿瓶里是炒面筋。特来此处无他故,因还誓愿要斋僧。"八戒闻言,满心欢喜,急抽身,报与三藏道:"师父,吉人自有天报!师父饿了,教师兄去化斋,那猴子不知去哪里摘桃玩耍了。你看那不是个斋僧的来了?"唐僧不信道:"你这个夯货胡缠!我们走了这向,好人也不曾遇着一个,斋僧的从何而来?"

八戒道:"师父,这不到了?"

三藏一见,连忙跳起身来,合掌当胸道:"女菩萨,你府上在何处住?是什么人家?有什么愿心,来此斋僧?"分明是个妖精,那长老也不认得。

那妖精见唐僧问她来历,立地就起个虚情,花言巧语来赚哄道:"师父,此山叫作蛇回兽怕的白虎岭。正西下面是我家。我父母在堂，看经好善，广斋方上远近僧人。只因无子，求神作福，生了奴奴。欲扳门第，配嫁他人，又恐老来无倚，只得将奴招了一个女婿，养老送终。我丈夫在山北凹里，带几个客子锄田。这是奴奴煮的午饭，送与那些人吃的。只为五黄六月，无人使唤，父母又年老，所以亲身来送。忽遇三位远来，却思父母好善，故将此饭斋僧。如不弃嫌，愿表芹献。"

三藏道："善哉！善哉！我有徒弟摘果子去了，就来，我不敢吃。假如我和尚吃了你饭，你丈夫晓得，骂你，却不罪坐贫僧也？"那女子见唐僧不肯吃，又道："师父啊，我父母斋僧，还是小可。我丈夫更是个善人，一生好的是修桥补路，爱老怜贫。但听见说这饭送与师父吃了，他与我夫妻情上，比寻常更是不同。"三藏也只是不吃。

旁边八戒却恼了。那呆子努着嘴，口里埋怨道："天下和尚也无数，不曾像我这个老和尚疲软！现成的饭，三份儿倒不吃，只等那猴子来，做四份儿才吃！"他不容分说，一嘴把罐子拱倒，就要动口。

只见那行者自南山顶上摘了几个桃子，托着钵盂，一筋斗点将回来。他睁火眼金睛观看，认得那女子是个妖精，放下钵盂，掣铁棒，当头就打。唬得个长老用手扯住道："悟空！你走将来打谁？"行者道："师父，你面前这个女子，莫当作个好人。她是个妖精，要来骗你哩。"

三藏道："你这猴头，当时倒也有些眼力，今日如何乱道！这女菩萨有此善心，将这饭要斋我等，你怎么说她是个妖精？"

行者笑道："师父，你哪里认得！这些妖精若想害人，便是这等：或变金银，或变庄台，或变醉人，或变女色。师父，我若来迟，

名家笔下的**老淮安**

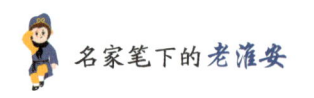

你定入她套子，遭她毒手！"

那唐僧哪里肯信，只说是个好人。

（节选自《西游记》第二十七回，有删减，题目为编者所拟）

读与思

吴承恩（约1504—1582），字汝忠，号射阳山人，明代作家、官员。其故居位于淮安河下古镇打铜巷。在吴承恩故居，有一个简朴的书屋，叫"射阳簃"。据说，《西游记》就是在那古雅的书案上诞生的。

今天读这篇故事，仍然有很强的现实意义。白骨精是诈骗分子的代表，想方设法、花言巧语欲骗"唐僧肉"；唐僧则心地善良，毫无防备之心，极易上当受骗；猪八戒好贪小便宜，经常导致是非不分；而孙悟空则是苦口婆心的"反诈警察"。俗话说："害人之心不可有，防人之心不可无。"生活中，我们一定要借用孙悟空的"火眼金睛"，看透"白骨精"们的心思，不被花言巧语所蒙蔽。

大圣迎战二郎神

◎［明］吴承恩

真君与大圣斗经三百余合，不知胜负。那真君抖擞神威，摇身一变，变得身高万丈，两只手举着三尖两刃神锋，好似华山顶上之峰，恶狠狠朝大圣就砍。这大圣也使神通，变得和二郎神身躯一样，举一根如意金箍棒，如昆仑顶上的擎天之柱，抵住二郎神。这边阵上，梅山兄弟向水帘洞外撒开鹰犬。那些猴抛戈弃甲，撇剑丢枪，喊的喊，跑的跑。大圣忽见本营中妖猴惊散，收了法相，掣棒抽身就走。真君见他败走，大步赶上道："哪里走？趁早归降，饶你性命！"大圣不恋战，跑近洞口，正撞着梅山六将军率众挡住。大圣慌了手脚，就把金箍棒捏成绣花针，藏在耳内，摇身一变，变作个麻雀儿，飞在树梢头。那六兄弟慌慌张张，前后寻觅不见，一齐吆喝道："走了这猴精也！走了这猴精也！"

正嚷着，真君到了，圆睁凤眼观看，见大圣变了麻雀儿，就摇身一变，变作个饿鹰儿，抖开翅膀去扑打。大圣见了，嗖地飞起，变作一只大鹚（cí）老，冲天而去。二郎见了，急抖翎毛，摇身一变，变作一只大海鹤，钻上云霄来衔。大圣又将身按下，变作一个鱼儿，潜入水中。二郎赶至涧边，不见踪迹，变作个鱼鹰儿，飘荡在下游水面上。那大圣变鱼儿顺水正游，忽见一只飞禽，似青鹞（yào），毛片不青；似鹭鸶，顶上无缨（yīng）；似老鹳（guàn），腿又不红："想是二郎变化了等我哩……"急转头打个水花就走。二郎看见，道："那鱼儿，似鲤鱼，尾巴不红；似鳜（guì）鱼，

名家笔下的**老淮安**

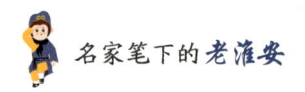

花鳞不见；似黑鱼，头上无星；似鲂（fáng）鱼，鳃上无针。它怎么见了我就回去了？必然是那猴变的。"赶上来，刷地啄一嘴。大圣蹿出水中，变作一条水蛇，游近岸，钻入草中。二郎没衔着他，急转身，又变成了一只朱绣顶的灰鹤，伸着一个长嘴，尖头铁钳子一般，径来吃这水蛇……

大圣滚下山崖，伏在那里又变成一座土地庙，大张着口，似个庙门；牙齿变作门扇；舌头变作菩萨；眼睛变作窗棂。只有尾巴不好收拾，竖在后面，变作一根旗杆。真君赶到崖下，只见一间小庙，急睁凤眼仔细看，见旗杆竖在后面，笑道："是这猢狲了！他又在那里哄我。我不曾见一根旗杆竖在后面的庙宇。一定是这畜生想哄我进去，他便一口咬住。等我掣拳先捣窗棂，后踢门扇！"大圣听得心惊道："好狠，好狠！门扇是我牙齿，窗棂是我眼睛。若打了牙，捣了眼，可怎么办？"扑地一个虎跳，又冒在空中不见。

（节选自《西游记》第六回，有删改，题目为编者所拟）

> **读与思**
>
> 　　这篇选文描述了孙悟空和二郎神的打斗经过，句式精短，读来朗朗上口。选文对动词的运用精妙、传神，形象生动地写出了大圣和二郎真君变化之极、动作之快，紧张中透着诙谐，展现了一个活泼、机智、乐观，具有斗争精神和无穷本领的孙悟空形象。语言幽默，妙趣横生。
>
> 　　二郎神和孙悟空是怎样识别对方骗局的？其中透着哪些自然常识？

真假美猴王

◎ [明] 吴承恩

唐僧赶走悟空后，师徒三人走了不到五十里路，唐僧觉得又饿又渴，便让八戒去化斋和找水。可是八戒去了老半天也不见回来，沙僧只好拴了白马，去找八戒。唐僧独自一人坐着，忽然听见一阵声响，原来是悟空跪在路旁，双手捧着一个瓷杯说："师父，没有老孙，你连水都喝不上。这杯凉水你先喝了解解渴，我再去化斋。"唐僧说："我就算渴死也不喝你的水，你走吧！"悟空听了，突然露出一脸凶相，大骂道："你真是不识抬举！"说完，丢了瓷杯，拿金箍棒在唐僧背上打了一下。唐僧立刻昏倒在地。悟空拿上两个包袱，驾起筋斗云，不知去向。

不一会儿，八戒和沙僧化了斋，取了水，欢欢喜喜地回来。他们见师父晕倒在路旁，包袱也不见了，慌得捶胸顿足。过了一会儿，两人好不容易把师父救醒。唐僧喝了几口水，一边叹息，一边把悟空打他的事说了一遍。八戒、沙僧气得咬牙切齿。唐僧让沙僧去找悟空要回包袱。

沙僧驾云来到花果山，找到水帘洞，只见无数猴精在那里戏耍，悟空高坐在石台上。沙僧忍不住上前好奇地问："师兄，你为什么偷拿师父的包袱啊？"悟空呵呵冷笑说："我要自己去西天取经呢。"说完跑进洞里，牵出一匹白马，请出一个"唐僧"，后面跟着一个"八戒"挑着行李，一个"沙僧"拿着宝杖。沙僧见了勃然大怒，举起宝杖就把假沙僧打死了。原来假沙僧是一个

名家笔下的老淮安

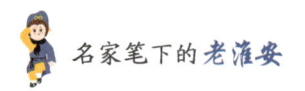

猴精变的。悟空恼了，率领众猴把沙僧团团围住。沙僧好不容易打出重围，驾云逃走，去南海找观音菩萨。

沙僧拜过菩萨，正要向菩萨申诉，却见悟空站在旁边。沙僧怒极，举起宝杖就朝悟空打来。悟空也不还手，侧身躲过。菩萨喝道："悟净不要动手，有什么事先和我说。"沙僧便怒气冲冲地把事情的经过告诉菩萨。菩萨说："悟净，不要冤枉你大师兄。悟空已经在我这里待了四天了，从未离开过。他怎么会另请一个唐僧自己去取经呢？"可沙僧仍说水帘洞还有一个孙悟空，菩萨只好让悟空和沙僧一起去水帘洞看个究竟。

二人来到花果山，悟空一看，果然还有个孙悟空高坐在石台上，和他长得一模一样，正在与群猴饮酒作乐。悟空大怒，拿着金箍棒上前骂道："你是何方妖魔，竟敢变作我的模样，霸占我的子孙和洞府？"那悟空听了，也不答话，拿起铁棒就打。他们

从洞内打到洞外,少顷又跳在半空中打斗,真是不分上下。沙僧在旁边看着,想要相助师兄,却分不出真假,实在不好下手。悟空说:"沙师弟,你先去回复师父,等老孙和这妖怪打到观音菩萨那里去辨个真假。"

沙僧见他们两个相貌、声音没有丝毫分别,无可奈何,只好先回去告诉唐僧。两个悟空边走边打,吵吵嚷嚷,一直打到观音菩萨那里,这个说"我是真的",那个说"他是假的"。菩萨见他们一模一样,看了很久也分不出真假,只好暗暗地念起了紧箍咒,谁知两个悟空一起喊疼,都抱着头在地上打滚,大叫:"莫念!莫念!"菩萨停住,两个悟空又揪在一起,继续打斗。菩萨没办法,只好让他们去天庭分辨。

两人拉拉扯扯,来到南天门,守门的神将也看不出真假。两人嚷嚷着闯到灵霄宝殿,都说自己是真的。玉帝命李天王取出照妖镜来照,可是镜中两个都是孙悟空,金箍、衣服都丝毫不差。玉帝也分辨不出,把他们赶出殿外。两人都说要去见师父。

另一边沙僧已经回来,把事情的经过告诉唐僧。唐僧懊悔不已,说:"我还以为是悟空打了我,抢去包袱。原来坏事是猴精做的。"正说着,只听半空中传来吵嚷打斗声,抬头一看,原来是两个悟空打过来了。八戒、沙僧一人挽住一个,唐僧念起紧箍咒。两个悟空一起叫苦说:"菩萨已经念过了,你还咒我做什么?莫念!莫念!"唐僧只好住了口,拿不定主意。悟空说:"师弟们,保护师父,等我和他打到阎王面前去分个真假。"

于是两人又拉拉扯扯,一路打到阎罗殿下。十代冥王命管簿判官一一查看生死簿,没有假悟空的名字。再看毛虫文簿,发现猴子的名目都被悟空当年大闹阴司时一笔勾掉了。地藏菩萨说:

名家笔下的**老淮安**

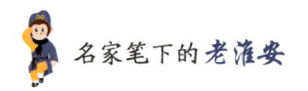

"你们两个去西天如来佛祖那里才能分得清楚。"两个悟空腾云驾雾，且行且斗，直打到西天大雷音宝寺之外。两个悟空嚷到莲台下，一起拜见佛祖。众神见他们声音、相貌都一样，无法分辨。佛祖笑着说："周天之内有五仙，即天、地、神、人、鬼；有五虫，即蠃、鳞、毛、羽、介。又有四猴混世，不在这十类之中。这四猴是灵明石猴、赤尻马猴、通臂猿猴、六耳猕猴。我看这假悟空不是五仙，也并非五虫，而是四猴中的六耳猕猴。"假悟空见佛祖说出他的本相，胆战心惊，跳起来就要逃走，却被众神团团围住。他料想难以逃脱，便变作蜜蜂，往上飞去。佛祖将金钵盂抛过去，正好盖住那蜜蜂。众神上去揭开钵盂一看，果然是一只六耳猕猴。悟空忍不住，上去一棒把他打死了。

观音菩萨带着悟空回到唐僧身边，说明了事情真相。师徒二人消除了误会，正好八戒去花果山找回了包袱，四人同心合意，继续西行。

（改编自《西游记》第五十七、五十八回，题目为编者所拟）

读与思

找一个合适的时间，一边看1986年版《西游记》电视剧，一边同步读原著。想一想，电视剧和原著有何不同？

第八章 不朽名著《西游记》

西游记之八十一难

◎ [明] 吴承恩

八金刚闻得此言,刷地把风按下,将他四众,连马与经,坠落下地。

三藏脚踏了凡地,自觉心惊。八戒呵呵大笑道:"好!好!好!这正是要快得迟。"沙僧道:"好!好!好!因是我们走快了些,教我们在此歇歇哩。"大圣道:"俗语云:'十日滩头坐,一日行九滩。'"

三藏道:"你三个且休斗嘴。认认方向,看这是什么地方。"

沙僧转头四望道:"是这里!是这里!师父,你听听水响。"行者道:"水响想是你的祖家了。"八戒道:"他祖家乃流沙河。"沙僧道:"不是,不是。此通天河也。"三藏道:"徒弟啊,仔细看在哪岸。"

行者纵身跳起,用手搭凉篷,仔细看了,下来道:"师父,此是通天河西岸。"三藏道:"我记起来了。东岸边原有个陈家庄。那年到此,亏你救了他儿女,深感我们,要造船相送,幸白鼋(yuán)伏渡。我记得西岸上四无人烟。这番如何是好?"

八戒道:"只说凡人会作弊,原来这佛面前的金刚也会作弊。他奉佛旨,叫送我们东回,怎么到此半路上就丢下我们?如今岂不进退两难,怎生过去?"沙僧道:"二哥休抱怨。我的师父已得了道,前在凌云渡已脱了凡胎,今番断不落水。教师兄同你我都作起摄法,把师父驾过去也。"行者频频地暗笑道:"驾不去!

驾不去!"

你看他怎么就说个"驾不去"？若肯使出神通，说破飞升之奥妙，师徒们就一千个河也过去了；只因心里明白，知道唐僧九九之数未完，还该有一难，故稽留于此。

师徒们口里纷纷地讲，足下徐徐地行，直至水边，忽听得有人叫道："唐圣僧，唐圣僧！这里来，这里来！"四众皆惊。举头观看，四无人迹，又没舟船，却是一个大白赖头鼋在岸边探着头叫道："老师父，我等了你这几年，却才回也？"

行者笑道："老鼋，向年累你，今岁又得相逢。"三藏与八戒、沙僧都欢喜不尽。行者道："老鼋，你果有接待之心，可上岸来。"

那鼋纵身爬上河来。行者把马牵上他身，八戒蹲在马尾之后，唐僧站在马颈左边，沙僧站在右边。行者一脚踏着老鼋的项，一脚踏着老鼋的头，叫道："老鼋，好生走稳着。"那老鼋蹬开四足，踏水面如行平地，将他师徒四众，连马五口，驮在身上，径回东岸而来。

老鼋驮着他们，躧（xǐ）波踏浪，行经多半日，将次天晚，好近东岸，忽然问曰："老师父，我向年曾央到西方见我佛如来，与我问声归着之事，还有多少年寿，果曾问否？"

原来那长老自到西天玉真观沐浴，凌云渡脱胎，步上灵山，专心拜佛及参诸佛菩萨圣僧等众，意念只在取经，他事一毫不理，所以不曾问得老鼋年寿，无言可答；却又不敢打诳（kuáng）语，沉吟半晌，不曾答应。老鼋即知不曾替问，他就将身一晃，呼啦地淬下水去，把他四众连马并经，通皆落水。

还喜得唐僧脱了胎，成了道。若似前番，已经沉底。又幸白马是龙，八戒、沙僧会水，行者笑巍巍显大神通，把唐僧扶驾出水，登彼东岸。只是经包、衣服、鞍辔（pèi）俱湿了。

师徒方登岸整理，忽又一阵狂风，天色昏暗，雷闪俱作，走石飞沙。唬得那三藏按住了经包，沙僧压住了经担，八戒牵住了白马，行者却双手抡起铁棒，左右护持。原来那风、雾、雷、闪乃是些阴魔作号，欲夺所取之经。劳攘了一夜，直到天明，却才止息。长老一身水衣，战战兢兢地道："悟空，这是怎的起？"

行者气呼呼地道："师父，你不知就里。我等保护你取获此经，乃是夺天地造化之功，可以与乾坤并久，日月同明，寿享长春，法身不朽。此所以为天地不容，鬼神所忌，欲来暗夺之耳。一则这经是水湿透了；二则是你的正法身压住，雷不能轰，电不能照，雾不能迷；又是老孙抡着铁棒，使纯阳之性，护持住了；及至天明，阳气又盛，所以不能夺去。"

三藏、八戒、沙僧方才省悟，各谢不尽。少顷，太阳高照，却移经于高崖上，开包晒晾。

（节选自《西游记》第九十九回，有删减，题目为编者所拟）

> **读与思**
>
> 《西游记》是中国四大名著之一，故事里的唐僧师徒四人经历了九九八十一难才取到真经回到大唐。这些难关也代表了我们人生中可能会遇到的种种困难和挑战。只有一步一个脚印地攻克关卡，成功才会向我们打开大门。第八十一难中，因为唐僧百忙之中忘记帮老鼋问还有多少年寿，气得老鼋将四人一马及经书都翻到水里。这也启示我们，诚实守信是一个人立足社会的基础，不守信的人注定逃不脱失败的命运。

群文探究

1. 在我国，《西游记》不仅仅是一部小说，它已深入中国文化的方方面面。仔细想一想，我们的日常生活和语言中，有哪些是出自《西游记》或受其影响的？罗列出来，与同学一起交流。

2. 一篇载于《泰州晚报》2022年12月29日的文章中，作者孙建兴是这样写的：

> 我读小学五年级时，正是无书可读的时期，几乎没有一本课外书，偶尔借到一本连环画，能兴奋上好几天。有一天班长不知从哪弄到一套《西游记》。我说："借我看看吧。"班长大方地说："拿去吧，反正我也看不懂。"我随手翻了几页，好多字不认识，好多句子读不通。那时候买不起字典，碰到不认识的字，要么瞎读，要么跳过去不读。但连蒙带猜的，还是读懂了个大概，一下子便被书中的故事吸引住了，没日没夜地读。

读了这段话，你有什么感受吗？

3. 本章所选的四篇，都是《西游记》小说中令人耳熟能详的故事。你还知道哪些《西游记》的故事，能把它讲给父母或同学听吗？试试看，这对你一定大有裨益。

研学活动：行城·读城
（沉浸在淮安）

研学活动一：踏着伟人的足迹

□活动目的：踏着伟人的足迹，探寻伟人周恩来的童年时光。

□活动内容及形式：

1.在老师或家长的带领下，参观周恩来故居、周恩来纪念馆、周恩来童年读书处，探寻周恩来的童年时光。

特别观察故居的大榆树和水井，邓颖超纪念馆，周恩来纪念馆内的仿西花厅、海棠花，读书处的蜡梅，等等。

2.利用双休日或假期观看电视剧《童年周恩来》或纪录片《周恩来》，深入了解周恩来总理，感受周总理的伟大人格。

3.读一本关于周恩来的书，如《周恩来传》《周恩来旅日日记》等。

□活动汇报：写一篇参观日记，或观后感，或读后感，写出你所见、所闻、所想；也可以拿起画笔，画出你心中的伟人周恩来。

名家笔下的**老淮安**

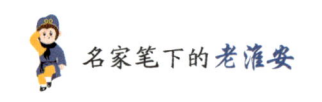

研学活动二：西游记主题实践活动

☐活动目的：西游记文化实践。

☐活动内容及形式：

1. 参观吴承恩故居。

2. 参观中国西游记博览馆。

3. 游玩淮安西游乐园、连云港花果山。

4. 观看电视剧《西游记》。

5. 读小人书《西游记》。

☐活动汇报：全班同学合作临摹一本《西游记》连环画，每人一页或两页。

研学活动三：游清晏园

☐活动目的：感受古典园林的建筑和文化。

☐活动内容及形式：

1. 清晏园的假山。在家长的陪同下，可以攀玩园内两座假山，体会一把钻山洞、爬山的乐趣。

2. 清晏园的园林建筑。进入每一个可以进入的楼、亭、廊、榭，分清建筑的形式，知道它们的名字，研究它们的构造。拍一拍，画一画。

3. 清晏园的植物。想办法认识园内常见的植物，记住它们的名字，欣赏它们的美。对喜欢的植物可常来回访，观察其一年四季的不同。

4. 清晏园的楹联。拍摄或抄录园内所有建筑物上的楹联，感受楹联文化之美。

5. 参观清晏园的园内园——叶园。了解叶挺将军的事迹。

☐活动汇报：交流清晏园楹联文化的学习收获。

研学活动四：游清江浦

☐活动目的：感受清江浦深厚的文化底蕴，体验清江浦民俗文化。

☐活动内容及形式：

1. 参观清江大闸、清江浦楼、老清江浦楼。
2. 游览清江浦记忆馆。
3. 观看淮安水利工程数字化影像。
4. 乘坐清江浦游船。

☐活动汇报：交流清江浦民俗文化的感受与收获。

研学活动五：走走名人路

☐活动目的：感受淮安名人文化。

☐活动内容及形式：

1. 走进窦娥巷、罗家巷，听听关汉卿及罗振玉的故事。
2. 在地图上找找淮安市的枚乘路、枚皋路、柯山路、文潜路、承恩大道、翔宇大道、梁红玉路、铁云路、鞠通路等"名人路"。有条件的，可以走一走这些路，感受淮安的名人文化。

☐活动汇报：在淮安名人故事会讲述淮安名人故事。

名家笔下的**老淮安**

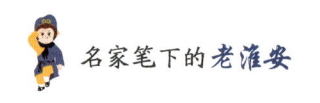

研学活动六：淮安自然风光游

☐活动目的：饱览淮安优美自然风光，增强家乡自豪感。

☐活动内容及形式：

1. 游览洪泽湖古堰（洪泽湖大堤），饱览洪泽湖大湖风光。

2. 游览白马湖风光，感受"鲤鱼吹浪水风腥"。

3. 游盱眙铁山寺国家森林公园，品尝盱眙龙虾美食。

☐活动建议：

1. 在时间安排方面，洪泽湖、白马湖、铁山寺各需一天时间。

2. 在到达洪泽湖古堰景区后，可以以家庭为单位，在大堤上骑行（公共自行车或共享单车），边走边游，到周桥大塘与林则徐穿越对话，在洪泽湖大堤石工墙观大湖落日。

3. 若要游览白马湖，建议自驾，沿环湖公路随性休闲游。

研学活动七：河下古镇探幽美食游

☐活动目的：探河下古镇之幽，品经典淮扬美食。

☐活动内容及形式：

1. 步行河下古镇石板街，品古镇特色小吃美食，如淮安茶馓、麦芽糖等。

2. 拍古镇古巷名，体会古镇曾经的商业发达，如打铜巷、竹巷、估衣巷等。

3. 点几个淮扬菜，如平桥豆腐、软兜长鱼、钦工肉圆、开洋蒲菜等，品尝经典淮扬美食。